JN038695

好時好日

樸庵漢詩集

前田隆弘

文藝春秋企画出版部

まえがき

漢詩を作るのは「風雅の遊び」だ、と石川忠久先生。

外国語の詩を作ってどうするのか、などと当初は躊躇いもありましたが、湯島聖堂の「漢詩作法講座」でこの一言を聞き、やってみようと思いました。遊びに理屈は無用、風雅の趣を楽しめればそれでもう十分ですから。

ただ、漢詩の森は、踏み入ってみると幽遠で奥深く、到る処で難渋し暗中模索が続きました。

漢字の持つ意味を一つ一つ再確認し、先人の佳詩名句を翫味して表現の豊かさを感じ取る。徐々に、無から有を生み出す創作の面白さを覚えていきました。

早いもので二十余年経ち、八十歳の杖朝を迎える頃、あたかもコロナ禍が発生、蟄居を余儀なくされてしまいます。仕方なく呆然と日を過ごす中に、ふと積み上がった作品を整理しようと思いつきました。

すでに「斯文」（湯島聖堂・斯文会）「二松詩文」（二松學舍大學）「學士會会報」（学士会）

「青山詩集」（ＮＨＫ文化センター・青山詩会）などの掲載作と、幾つかのコンクールでの入賞作だけでも二百首を越えていたのです。

これが判ると、今度は厚顔にも、詩集にまとめようとの欲が出てきます。恥じる思いは横に置き、年寄りの酔狂とばかり駄作の出版を決めました。

内容は、作詩当時の記憶がやや強く残っている詩八十二首を選び、「田園閑居」三十五首は春夏秋冬の順に、「旅遊」四十首を日本国内は南から北へ、中国関連を概ね東から西へと並べ、末尾に折りにふれての「詠懐」七首を配しました。

蛇足ながら、各詩に、当時発想した背景や関連事項などの説明文を添えています。日記や雑記帳の色合いを濃くしてしまったかもしれませんが。

三千年の歴史をもつ生命力豊かな漢詩の世界で、素養のない凡愚が、気儘に漢字と遊んで、どんな楽しさがあるのか、この詩集はその試みのひとつです。

絶滅を危惧される市井の漢詩づくり文化の、令和初期のささやかな記録にでもなれば、とは望みすぎでしょうか。

お暇な時にでもご笑覧頂ければ嬉しい限りです。

なお、自号の「樸菴」は老子の「敦《とん》（純朴）として其れ樸《ぼく》（伐りだしたばかりの粗木《あらき》）の若く」からとっています。

「漢詩の原文」と「読み下し文」は、常用漢字を用い、「押韻」は一首（78頁の仄声韻）を除き、全て平声の韻で通しています。韻目を各詩の末尾に「平水韻目表」（16頁）に従って示しておきました。

【夏】

【秋・冬・初春】

旅遊 81

【岐阜】

【横浜・江戸・仙台】

【中国】

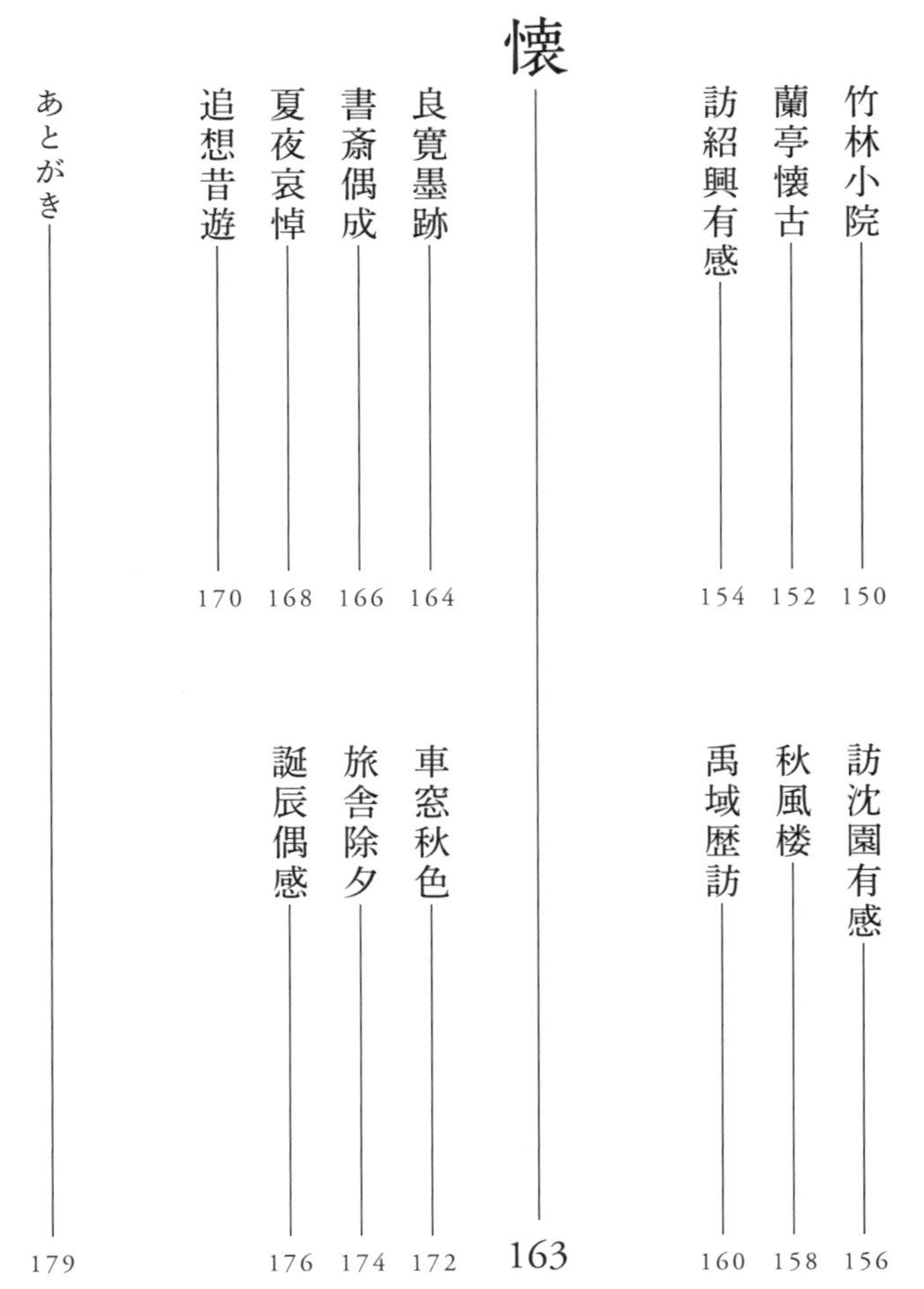

田園閑居

【春】

東郊春色

東郊寒雨後
野水緑盈盈
翁媼倦炉火
荷鋤就耦耕

東郊の春色

東郊　寒雨の後
野水　緑盈盈たり
翁媼　炉火に倦み
鋤を荷いて耦耕に就く

冬の冷たい雨が降り止み、
東の野を流れる川辺の草も、緑の生気に満ちている。
籠っていた家の炉端をぬけだし、
鋤をとって畑仕事をはじめる。年寄り二人で。

【庚】

住まいの東南斜め向かいに三十坪ほどの畑がある。ほうれん草、小松菜、トマト、茄子、胡瓜などを、季節に応じて、少しずつ栽培している。

春から猛烈に襲ってくる雑草との格闘、夏の朝晩の水遣り、などと、畑仕事も楽ではないが、新鮮な野菜はことのほか美味い。

わずかな肥料を施すだけで勝手に生えるアスパラガスが、今年は四月から六月まで驚くほど長いあいだ採れた。

二本の無花果(いちじく)も豊作で、売っているものよりも甘い、と密かに誇っている。

唯二本のブルーベリーは幹や枝が伸びず、実は沢山つけたが粒が小さい。施肥が不完全だったか植える場所が悪かったか。原因がまだ解らない。小さな果樹は声無くして何かを訴えているのだろう。

畑は恵みの喜びを与えるとともに、もっと謙虚になれと諌(いさ)める。

播州室津春信

山梅千樹雪
香冷入前湾
牡蠣漸肥美
漁舟遽往還

播州室津の春の信り

山梅　千樹の雪
香冷ややかに　前湾に入る
牡蠣　漸く肥美
漁舟　遽しく往還す

山の梅林に、白い花が咲き、
すずやかな香りが、入り江にまで漂う。
牡蠣も次第に肥り旨みが増してきた。
牡蠣船が、遽しく行き来する。

【刪】

室津は播磨灘に面した古くからの港町。江戸時代には室津千軒といわれるほどの日本有数の宿場町として栄え、朝鮮通信使やシーボルトも訪れている。船で来た西国大名の多くはここから陸路をとった。法然上人が讃岐配流の途中、遊女に念仏の教えを説いたのも、この港でのこと。近年は、梅林と牡蠣の産地としても知られるようになった。

牡蠣は港の直売所の焼きたてを頬張るのが一番。潮の香りが充満している。今では、電話やネットで注文すると遠方からでも翌日に自宅へ届く。

生牡蠣の固い殻を剝くのも、電子レンジでチンすれば、いとも簡単。悪戦苦闘したのは昔のことだ。

一月下旬が肥っていて味も良いと思う。

梅と牡蠣から、播州の春がはじまる。

閑庭老梅

閑庭(かんてい)の老梅(ろうばい)

去歳春庭香不催
相憐老骨到衰頽
今朝驚看枝頭上
珠蕾両三方欲開

去歳(きょさい)　春庭(しゅんてい)　香(こう)催(もよお)さず
相(あい)憐(あわ)れむ　老骨(ろうこつ)　衰頽(すいたい)に到(いた)るを
今朝(こんちょう)　驚(おどろ)き看(み)る　枝頭(しとう)の上(うえ)
珠蕾両三(しゅらいりょうさん)　方(まさ)に開(ひら)かんと欲(ほっ)す

【灰】

庭の梅が、去年は春になっても、香りが漂ってこなかった。
主(あるじ)に似て老い衰えたのか。不憫に思う。
ところが、驚いたことに、けさ起きて枝を看ると、
玉のような可愛らしい蕾が二つ三つ、開こうとしているではないか。

一昨年、梅に毛虫が群れて、葉を食い荒らした。「桜伐る馬鹿　梅伐らぬ馬鹿」とばかりに、大胆に枝を切り落とした。

ところが、翌年、全く花が着かない。

秋になり、いつもたのむ庭師に鋏を入れてもらう。

年が改まった新春、小さな白い花が咲いた。

老梅は、惨めな一年を堪えて蘇ったのだ。

漢詩の世界では「疎影」「暗香」が梅花の代名詞、「清浅」「黄昏」「横斜」は梅の縁語とされる。

林逋（北宋）の「疎影横斜して　水　清浅／暗香　浮動して　月　黄昏」の名句によるものだが、古来、文人達の梅に寄せる思いの深さは尋常ではない。

寒雨幽居

寒雨の幽居

細雨紛紛侵小園
蓬蘆半湿昼尚昏
幸看一朶素瓶裏
馥郁紅梅春自温

細雨紛紛　小園を侵す
蓬蘆半ば湿い　昼尚昏し
幸に看る　一朶素瓶の裏
馥郁たる紅梅　春自ら温かなり

【元】

冬の庭に、小糠雨が降りつづき、
草庵も湿っぽく、昼になっても薄暗い。
素焼きの花入れに挿した梅が映える。
紅梅の清らかな香りに、春の温もりを感じる。

漢詩にはゲーム遊びの面白さがある
中国語（漢語）はすべての文字に音調が備わり「平字（ひょうじ）」と「仄字（そくじ）」の区別がある。詩作は、これらの文字を決められた規則に従って並べる。「平」を○で、「仄」を●で表すと、この詩では、一句目が●●○○○●○、二句目が○○●●●○○、三句目●○●●●○●、四句目は●●○○○●○となる。
更に、より言葉を美しく響かすため句末に「韻」（○）を踏む。一・二・四句の「園（えん）」「昏（こん）」「温（おん）」が、それ。
これら三字は韻目の元に含まれている。左の韻目表のうちのひとつだ。

詩韻目表
平声（30韻）上平（15韻）　東冬江支微魚虞斉佳灰真文元寒刪
　　　　　　下平（15韻）　先蕭肴豪歌麻陽庚青蒸尤侵覃塩咸

平声のすべての字は、これら韻目のどれかに属している。絶句では同属の字から三字を選び、その語を末尾に持つ句を作る。このために便利な字書が数多くある。

堤畔摘蔬

堤の畔で蔬を摘む

東郊十里草鮮鮮
暖日携籠野水辺
嫩薺芳芹摘蔬処
痩蛇醒寤遁春田

東郊十里　草鮮鮮
暖日　籠を携う野水の辺
嫩薺芳芹　蔬を摘む処
痩蛇　醒寤して春田に遁る

【先】

広々とした東の郊外に、春の草が勢いよく生えそろってきた。
暖かい日、籠を担いで野川へやって来る。
若い薺や香りの良い芹などを摘んでいると、
痩せ細った蛇が冬眠から目を覚ましたのか姿を現して、春の田圃へ逃げ込んだ。

久し振りに蛇を見たのは四月半ばだった。十年近く前に納屋の天井の隅に一メートル余りの蛇の抜け殻を見つけてから、一向に蛇の姿にお目に掛かったことがなかった。だから近くの堤で五、六十センチばかりの小蛇だが、出会った時には本当にびっくりした。一瞬ゾッとしたけれど暫くしてなにやら懐かしくまた嬉しくもなった。

その後また、何処からも出てこない。

こどもの頃、家の東に広がっていた田野は緑豊かで春を迎えると蒲公英（たんぽぽ）、蓬（よもぎ）、大葉子（おおばこ）などがつぎつぎと生え出でた。蛇、蛙、蚯蚓（みみず）などはみな遊び仲間。水が微温（ぬる）んでくると鮒（ふな）や鯰（なまず）を獲り、川の積み石の隙間から「びーる」とよぶ小さな鰻の子を引っ懸け出した。

草花も小動物も今よりは生き生きしていたように思う。

読桃花源記有感

桃花源記を読みて感有り

再読古書増愛奇
却憂今日国傾危
先生作此有何意
東晋太元騒擾期

古書を再読して　増ます奇を愛す
却って憂う　今日　国の危きに傾くを
先生　此を作るに何の意有りや
東晋　太元　騒擾の期

【文】

千六百年前の本を読み返しては、面白くなり読み耽る。
振り返っていま、この国も危ういのでは、と心配する。
当時、淵明先生は、この「桃花源記」を著すのにどんな意図があったのだろう。
東晋の太元の頃は騒乱が続いた時代だった。

東晋から宋（南朝）へと、時代が変わる頃に生きた陶淵明（三六五〜四二七）の代表作「桃花源記并びに詩」。

「武陵の漁夫が道に迷って桃林の奥にある村里に入りこむ。そこは秦の乱を避けた者の子孫が世の変遷を知ることなく、平和な生を楽しむ仙境であった。歓待されて帰り、また尋ねようとしたが見つからなかった」（広辞苑）

同時代の志怪小説「捜神後記」にも同様の記載があり（これも陶淵明の作だとする説がある。石川忠久『陶淵明とその時代』研文出版）、似た話はかなり流布していたらしい。

古くは「老子」第八十章にも「小国寡民のユートピア」の題目がある。

不安の時代。誰もが別世界の夢を見たくなるのだろうか。

看山海経

山海経を看る

陶詩読了酌春酤
一酔更披山海図
先生何物頻催興
囂鳥飛魚九尾狐

陶詩　読了して春酤を酌む
一酔　更に披く山海図
先生何物にか　頻りに興を催すは
囂鳥　飛魚　九尾の狐

【虞】

陶淵明の詩を読んで、一息つき、春の新酒を傾ける。
ほろ酔い機嫌になって、今度は淵明が愛読した「山海経」の絵図を開いてみる。
淵明先生が興味津々で見つめたのは何だったのだろう。
囂しく叫ぶ鳥、空飛ぶ魚、或いは、尾が九つにわかれた狐だったか。

「山海経」は戦国時代の空想的な地理書。世にも不思議な神話伝説から奇怪な動植物などまで、荒唐無稽な記述で溢れている。

現代のアニメなどのキャラクター群とくらべると山海経図の動物たちは素朴なものだが、却って愛らしくもみえる。

陶淵明は「読山海経」十三首に、口に銜（くわ）えた小さな木切れで大海を埋める「精衛（せいえい）」なる鳥や、西王母の使者となる三本足の青い鳥、などを登場させた。そして、「親しい友を、春の新酒と菜園の野菜でもてなし、（中略）山海経の挿し絵図を眺め（中略）楽しからずして復（ま）た如何（いかん）」と田舎暮らしを礼讃する。

陶淵明が再評価され、追随者が輩出し始めたのは官僚制度が定着した唐の頃からという。窮屈な宮仕えから解放されて、自然へ回帰する生き方は、その後、時を超えて共感を呼ぶことになる。

古城春望

古城の春望

碧海青山春意盈
一望千里囀流鶯
今朝何処看花好
最是播州白鷺城

碧海青山　春意盈つ
一望千里　流鶯囀る
今朝　何れの処か花を看るに好き
最も是れ　播州白鷺城

碧い海も青い山も春一色。
目のとどくところ何処からも飛び回る鶯の声が聞こえてくる。
さて、いま花見にはどこが好いか。
言うまでもない。播州の白鷺城だ。

【庚】

厳しく問われればこの詩には七言絶句の規則に外れた箇所がある。結句の「最是播州白鷺城」の「州」（平字）が、仄平仄と「四字目孤平」となっている。三字目または五字目には平声の字を用いるのがきまり。「播州」の別称として「榛間（はりま）」が『東藻會彙（とうそうかいい）・地名箋』にある。「播州」は「播磨（はりま）」の国だから音読みで当てたのだろう。「榛」は平字。意味は「はしばみ」や「雑木林」（広辞苑には「はんのきの古名」とある）。これに変えれば「最是榛間白鷺城」と平仄が正せる。

ところが、この「榛間」。他のどの辞書を引いても見当たらない。

果たしてこの語を使うのは適切なのか。

漢詩の規則に合わせるため日本の地名に澱水（淀川）、澄江、墨河（隅田川）など多くの言い換えの語が考えだされた。

だがどこまでそれを用いるかは悩ましいところだ。

このお国自慢の句としては「播州白鷺城」と言い切りたい。

初心者には厳守とされる韻律に、此処だけは敢えて従わないことにする。

山寺桜花

山寺（やまでら）の桜（さくら）の花（はな）

紅雲香靄満山春
遠近樹間鶯囀頻
悪疫蔓延遊客少
飛花都属守堂人

紅雲（こううん）　香靄（こうあい）　満山（まんざん）の春（はる）
遠近（えんきん）の樹間（じゅかん）　鶯囀（おうてん）頻（しき）りなり
悪疫蔓延（あくえきまんえん）し　遊客（ゆうかく）少（まれ）なり
飛花（ひか）　都（すべ）て属（ぞく）す　堂（どう）を守（まも）る人（ひと）に

【真】


山桜が寺を包み込むように咲いて、春もたけなわ。

あたりの林から鶯の鳴き声が聞こえる。

コロナ怖さに、誰もが外出を控え、境内を訪ねる花見客もあまりいない。

風に舞う花びらを浴び、桜も盛りの風光を満喫しているのは、寺に住む和尚さんたちだけ。

歩いて十分程の山裾の寺のいつもの春の風景。休日は近所の人たちで少し賑わう。

桜を見た最も遠い所は北海道の北見市。六十年ほど前、人口も三万人の頃だった。就職後の新人研修を受けるために訪れた。上野から東北本線の夜行列車に乗り、青函連絡船で函館へ。それから札幌、旭川を経由して二日がかりで到着した。

朝、顔を洗った時の水の冷たさが今も蘇る。

天気予報の日本地図を見た時、最果ての地へ来たと思った。

五月の初旬、白雪の残る遠山と青く澄んだ空を背景に、薄赤い塊の桜の林が郊外の広い大地に点在しはじめた。驚いたことに梅も桃も一緒に咲いている。厳しい冬を過ぎ、花々が一斉に咲く。穏やかな関西とは対極の凛とした光景だ。ひと月遅れの春の訪れ。

北見の今年は？　現地に問い合わせると、「例年より早く四月下旬に、桜、梅、の順で咲きました」（二〇二三年五月五日）とのこと。人口は十一万人と増えたようだが、花の季節は変わっていない。

桜堤閑歩

桜の堤を閑に歩む

池畔絳雲満
枯筇草径斜
嬌鶯弄繊朶
双鯉趁飛花

池畔　絳雲満ち
枯筇　草径斜めなり
嬌鶯　繊朶を弄し
双鯉　飛花を趁う

紅色にたなびく雲のように、池畔の桜はいまや満開。
斜めの小径を杖つきながら、のんびりと散策する。
愛くるしい鶯が飛び回って、枝の先を揺るがし、
舞い落ちる花びらを、二匹の鯉が追いかける。

【麻】

「花」に「鳥」。古来、常識として「鶯（うぐいす）」の取り合わせは、「梅」となっている。和歌にも漢詩にも用例が多い。花札もそうだ。

だが、「桜に鶯」も引けを取らない。古今集の梅の後（あと）、桜の歌群のなかに、「花の散ることやわびしき春がすみ竜田の山の鶯の声」（藤原後蔭）など六首ほど並ぶ。もっと大きな顔をしてよさそうなのに、なぜか「梅と鶯」に遅れをとってしまった。

五年ほど前、吉野山の花見の宿に泊まった早朝、さわがしく囀る鶯の声で目を覚ました。窓を開けると、遠近、見渡す限りの満開の桜。すぐ目の前の枝の間に、黄緑の可憐な鶯が五、六羽、見え隠れする。

「桜と鶯」の絶妙な取り合わせ。「梅と鶯」に勝るとも劣らない。

春日垂釣

春の日に釣りいとを垂らす

前山桜樹落花紅
渓畔柳条垂水中
巌上持竿懐呂尚
時傾壺酒倚清風

前山の桜樹　落花紅なり
渓畔の柳条　水中に垂る
巌上　竿を持して呂尚を懐う
時に壺酒を傾けて清風に倚る

【東】

向かいの山から、紅色の桜の花が舞い散り、
岸辺の緑の柳は垂れ下がった枝先を水に浸している。
おおむかしの呂尚のことなどを思いながら、岩に腰をおろして釣りを愉しむ。
さわやかな風に吹かれて、気が向いたときに持参の酒を酌む。

漢詩の世界で釣り人は脱俗の象徴。悠々閑々と世間の煩わしさから逃れて無我の境地を愉しむ。

太公望呂尚は世を避けて渭水で釣りをしていた。通りがかった周の文王が、わが父も待ち望んでいた方に違いない、と慇懃に迎えて師とした（『史記・斉太公家』）。後に次の武王を助けて、殷を亡ぼす（前一〇二〇頃）。斉の国に封ぜられて始祖となった。

釣り人を太公望と呼ぶのは、この故事による。

殷王朝の遺跡「殷墟」を訪ねたことがある。安陽市北西の田園地帯の一角。簡素な資料館といくつかの発掘跡。周囲は区画の整備された広大な草木もない平地だった。殺風景な眺めだ。最後の紂王の、残虐な行為の数々が、ここで繰り広げられていたとは、穏やかな春の日に、おいそれとは想像し難かった。

花堤送客

観桜狼藉別離筵
酒伴旬年是宿縁
今日九州無遠近
来春復酌異花辺

花堤にて客を送る

観桜　狼藉　別離の筵
酒伴　旬年　是れ宿縁
今日　九州　遠近無し
来春　復た酌まん　異花の辺

乱れ散る桜のもとで開いた、無礼講な送別の宴。
十年来の縁の切れようもない酒飲み仲間。
今では、交通の便が良くなって、日本国中、遠くも近くも無くなった。
来年は、君の行く先の、此処とはまた違う桜を見ながら、杯を酌み交わそう。

【先】

徒歩や車馬で旅する時代、永遠の別れになるのを畏れて、途中まで同行し、連日送別の宴を催した。道中の安全を祈って道祖神を祭ることから祖筵（そえん）ともいう。鉄道から飛行機へと交通が便利になるにつれ、離情も淡白になった。デジタル社会が到来して地球の全域が、いつでも何処でも、対面で話せるようになり、別れの悲壮感もいっそう薄れる。

夜行の長距離列車で、遠くへ転勤異動する同僚を見送ったころを想い出す。

自ら振り返ると高松、東京、岐阜、東京、仙台と転勤を重ねてきた。

初任地の高松を離れる時には、宇高連絡船の波止場で親しくなった地元の人達や職場の同僚に見送られた。「蛍の光」が響く中での出航。船の別れはひときわ切ない。時を経て、懐かしさとともにこれらの方々に義理を欠いた忸怩たる思いがつのる。

送っても送られても別れは尾を引くようだ。

晴村啼鳥

晴(は)れた村(むら)に啼(な)く鳥(とり)

籬落万紅散
閑庭深緑多
余春鶯已老
巧囀意如何

籬落(りらく)　万紅(ばんこう)散(さん)じ
閑庭(かんてい)　深緑(しんりょく)多(おお)し
余春(よしゅん)　鶯(うぐいす)已(すで)に老(お)ゆ
巧囀(こうてん)　意(い)如何(いかん)

生け籬(がき)に咲きそろっていた紅い花も散り、
しずかな庭の緑が濃くなってきた。季節の移ろいは速い。
晩春、盛りを過ぎたことを自覚する鶯は、
囀りも巧くなり、声の限りを尽くそうとしているのだろうか。

【歌】

歳をとると家に閉じ籠もりがちになるが、ほぼ毎日、朝夕には川の畔などを歩きまわるようにしている。時には買い物も兼ねる。

初夏にはほぼ毎朝、山裾の道を散歩する。途中、公園のベンチに座って、日ごとに深まる樹々の緑を見上げると、低地から山へ移ってきた鶯の声が、あちらこちらから聞こえてくる。

早春、人里で「ホーホケキョ」と鳴く練習をし、山で巣作りをする頃には長い声を出せるようになるらしい。

胸をいっぱいふくらませてホーと息を吸い、ホケキョと吐くのだとか。

なかには、驚くほど長鳴きの巧い鶯もいる。老いたベテランなのだろうと、勝手に想像する。

尤も、調べてみると鶯の寿命は三、四年あり、これは誤解のようだ。

牡丹　其一

牡丹（ぼたん）その一

佳節清明雨後晨
花王帯涙絳羅新
蔓延悪疫蟄居裏
馥郁芳香払世塵

佳節清明（かせつせいめい）　雨後（うご）の晨（あした）
花王（かおう）涙（なみだ）を帯（お）びて　絳羅（こうら）新（あら）たなり
蔓延（まんえん）す　悪疫（あくえき）　蟄居（ちっきょ）の裏（うち）
馥郁（ふくいく）たる芳香（ほうこう）　世塵（せじん）を払（はら）う

【真】

春も闌（たけなわ）になった清明の好時節、朝には雨もあがった。
開いたばかりの真っ赤な牡丹の花が涙のような雨滴に潤い、みずみずしい。
コロナが蔓延し蟄居同然の暮らしに、
豊かな香りが漂ってきて、日々の鬱陶しさを払ってくれる。

母が亡くなったのを機に、旧居で茶の湯を楽しんだりするのも一興、と近くのマンションから本拠を移すことにした。そのとき庭に植えた二本の牡丹が紅白の大輪の花を咲かせた。寺院や観光地ではなく日々間近に愛でて、初めてその豊麗な魅力の真髄を知り得たように思う。ことに蕾の開いたばかりの五、六日の艶。

唐の李白は玄宗皇帝の求めに応じて「雲には衣裳を想い　花には容(かたち)を想う」「一枝(いっし)の濃艶　露　香(こう)を凝(こ)らす」「名花　傾国　両(ふた)つながら相(あい)歓ぶ」（「清平調詞」）などと楊貴妃を牡丹に擬(なぞら)え詠じた。また、長安の人々は大金をはたき競って買い求めたという。どちらも腑に落ちる。

戯れに一句。「牡丹咲くひねもす胡蝶の夢のうち」（朝日俳壇・長谷川櫂選）

牡丹 其二

牡丹（ぼたん）その二

下午南風独倚欄
花王幾片毀酡顔
春愁猶在胸襟裏
新緑鮮鮮已満山

下午（かご） 南風（なんぷう） 独（ひと）り欄（らん）に倚（よ）る
花王幾片（かおういくへん） 酡顔（だがん）を毀（こぼ）つ
春愁（しゅんしゅう） 猶（な）お在（あ）り 胸襟（きょうきん）の裏（うち）
新緑鮮鮮（しんりょくせんせん） 已（すで）に山（やま）に満（み）つ

【寒・删】

昼下がり、心地よい南風に吹かれて欄干にもたれる。
酒に酔い赤ら顔になったような牡丹の花びらが数片、はらりと落ちた。
春の愁いがまだ揺蕩（たゆた）っているのに、
季節は容赦なく過ぎ、山の木々の緑がますます鮮やかで濃くなっている。

季節が移るのは庭で知る。

葉先の色の変化に気付くと生きているものどうしの共感すら覚える。

だが時の過ぎるのに意識と行動が追いつかない。焦りさえ覚える。

冬の厳しい寒さから逃れ出た、とホッとした次の日に、暑く感じるほどの南風が吹く。

老いるに従い、季節の移り変わりを速く感じる。

美しい花も盛りを過ぎると、忽ち情け容赦なく散り落ちる。

能曲の鸚鵡小町、関寺小町、卒都婆小町なども、小野小町が絶世の美女だったから際だつ話。衰容は残酷ですらある。

【夏】

麦隴遠風

麦隴（むぎばたけ）の遠（とお）くからの風（かぜ）

下午村郊麦雨収
四方八面恵風柔
田夫相見農談熟
飽腹肥牛臥隴頭

下午（かご）　村郊（そんこう）　麦雨（ばくう）収（おさ）まり
四方八面（しほうはちめん）　恵風（けいふう）柔（やわら）かなり
田夫（でんぷ）相（あ）い見（み）て　農談（のうだん）熟（じゅく）す
飽腹（ほうふく）の肥牛（ひぎゅう）　隴頭（ろうとう）に臥（が）す

【尤】

昼過ぎの村はずれ、麦の熟するころに降る雨もあがり、あたり一面、春の恵みの風が、そよそよと吹きわたる。お百姓さんたち、顔をあわせて、「ことしの作物のできはなぁ」とつい長話。草を腹いっぱい食べた牛は、畝（うね）でのんびりと寝そべっている。悠々閑々。

「悠々」と記して思い出した。

二〇〇八年の秋、碩学、一海知義先生の定年退職を機に、仲間と弟子の方々による傘寿の会が「生前葬儀」と銘打って挙行された。場所は、こともあろうに上方落語の定席、大阪の天満天神繁昌亭。

出し物は、姉様キングスの爆笑漫才「春眠暁を覚えず」、そして興膳宏・京都大学名誉教授の、サービス精神に溢れた「創作漢詩落語」。

会場、大いに盛り上がり、落語好きで悠々たる風貌の一海先生を、高座で慇懃に弔って一同合掌、いや大拍手で打ち上げとなった。この「遊び心」には畏れ入る。

暫くして『停年退休記念文集　生前弔辞——一海知義を祭る』（一九九四年発行）が送られてきた。念が入っている。

先生が逝かれたのはずっと後の二〇一五年。

田園雑興

田園の雑興

緑野青田穀雨霑
薫風百里午涼添
老翁荷耒出柴戸
双燕銜蟲帰茆檐

緑野青田　穀雨霑い
薫風百里　午涼添う
老翁　耒を荷いて柴戸を出
双燕　蟲を銜んで茆檐に帰る

野原も田圃も青緑に染まり、豊作を齎す雨が降り注ぐ。
晴れると、南風が一面に吹き渡る。爽やかな初夏の昼過ぎ。
年寄りは質素な家から鋤を担いで出かけ、
親燕は、雛の餌を銜えて、軒下の巣へ帰ってくる。

【塩】

毎年、田植えの時期が近づくと、燕がやってきて、玄関に巣をつくっていた。太く角張った梁の側面に泥と枯れ草を張り付け、丼鉢半分ほどの大きさにまでする。そこに卵を産むと、二週間程で雛が孵る。二羽の親鳥は、二十日ばかりの間、せっせと飛び出しては、餌を捕って帰ってくる。

住む者にとって厄介なのは、濫りに糞を落とすこと。自衛のため四角い板を天井からぶら下げておく。

それでも遠来の燕の親子が居ると、家中が賑やかだ。蛇が襲ってこないかなどと、心配もする。

暑くなる頃、ある日突然、白い糞を三和土(土間)に飛び散らしたまま姿を消してしまう。

役割を終えた巣を、削ぎ落とす時は一寸寂しい。

もう数十年、燕の姿を見ていない。水田も減ってしまった。

夏初燕居

夏(なつ)の初(はじ)めの燕居(えんきょ)

閑読唐書又賦詩
新茶一啜爽心脾
開窓碧落黄埃泛
遠憶中原訪古時

閑(かん)に唐書(とうしょ)を読み　又(また)　詩を賦(ふ)す
新茶一啜(しんちゃいっせつ)　心脾(しんぴ)爽(さわ)やかなり
窓(まど)を開(ひら)けば　碧落(へきらく)に　黄埃(こうあい)泛(う)かぶ
遠く憶(おも)う　中原(ちゅうげん)　訪古(ほうこ)の時(とき)

【文】


夏のはじめ、寛いで唐詩を読み、気が向けば詩を作る。

合間に新茶を啜(すす)ると、心身にしみわたり、また爽快な気分になる。

ふと窓を開けると、空には黄砂がただよっている。大陸からの偏西風に運ばれてきたのだ。

中国を訪れた時のことが懐かしく思い出される。

四月、五月、青いはずの空に黄砂が満ちると、窓をしめきる。鬱陶しい限りだ。

仕方なく気分を変え、一句を捻る。

「中原」は黄河中流域、中国文明興隆の中心地。「中原に鹿を逐う」と、ここで諸侯が天下の覇権をかけて争った。

史跡の多くが、いまは地下数メートルのところに埋まっている。

旅程表、メモ、地図、写真、パンフレット、スケッチ、現地の詩集などこの辺りを訪ねた折々の旅の記録や資料が、書架に堆く積んである。上を覆うホコリにも、黄砂が混ざっていることだろう。

海辺初夏

海辺の初夏

新夏湘南最好時
群児海上競朱肌
病床老骨聞喧鬧
空看重簾日影移

新夏　湘南　最も好き時
群児　海上　朱肌を競う
病床の老骨　喧鬧を聞き
空しく看る　重簾　日影移るを

【文】

夏のはじめの湘南海岸は、一年中でいちばん爽やかで気持ちが良い。大勢の若者たちが水と戯れ、日焼けした肌を自慢し合っている。病院のベッドにいる年寄りにも、元気にはしゃぎ騒ぐ声が聞こえてくるようだ。日々なすこともなく、窓のシャッター越しの強い日射しが時とともに移り動くのを、ただぼんやりと眺める。

湘南葉山の病院に、心臓の手術を受けるため十日ほど入院した。病室の窓からは湘南海岸の江ノ島と富士山が一望できた。絵葉書にある景色。

天気のよい日には海に数十艘の色とりどりのヨットが浮かび、サーファーたちが波乗りを競う。

活力の溢れる若者たちの声が、衰老にはほろ苦く響く。

単調な毎日だったが、この好風光にどれほど癒やされたことか。

その後、検診の折にも似た景色が眺められる近くの高台のホテルに一泊するのが恒例となった。

病いは完治していない。それでも病院選びの適否は絶景ゆえ問わないことにしている。

梅天点茶

梅天に茶を点つ

幽庭梅子熟
榴火傲朱緋
虚室試新茗
晩晴山月微

幽庭 梅子熟し
榴火 朱緋を傲る
虚室 新茗を試む
晩晴 山月 微かなり

【微】

鬱陶しい梅雨の中、庭の梅に大きな実が熟した。石榴の花が周囲の緑を圧し傲然と燃えるような紅い色を誇っている。誰も居ない閑かな部屋で、今年の新茶を点て、味わってみる。楽しんでいるうちに雨も上がり、黄昏時の山から、ほんのりと光る月が昇ってくる。

「點（点）茶」の語が詩に用いられるのは宋代以降。唐代は煎茶が主で、抹茶は一般にはまだ普及していなかったらしい。

手元の辞書でも、「新漢語林」に記載はあるが、「字源」（旧版）や「大漢和辞典」には無い。「広辞苑」には、湯を「立てる」のあとに（「点てる」とも書く）と注があり、「かきまわして調える。茶の湯を行う」と記してある。

「榴火」は、夏の濃緑に映ずる鮮やかな「紅」の典型的な花。漢詩にはよく現れる。日本人の感覚とは少し異なるようだ。

ちなみに唯一異彩を放つものを意味する「紅一点」は王安石（宋）「石榴詩」の「万緑叢中紅一点」に拠っている（広辞苑）。

梅雨家居

梅雨(つゆ)の家居(いえい)

霖雨庭隅梅子黄
蛙声閣閣満叢篁
幽檐煎茗紅塵外
不管如今徧禍殃

霖雨(りんう)　庭隅(ていぐう)　梅子(ばいし)黄ばみ
蛙声(あせい)　閣閣(かくかく)　叢篁(そうこう)に満(み)つ
幽檐(ゆうえん)　茗(めい)を煎(に)る　紅塵(こうじん)の外(そと)
管(かん)せず　如今(じょこん)　禍殃(かおう)徧(あまね)きを

長雨が降りつづき、庭の梅の実が黄ばんで、
クワックワッと鳴くかえるの声が竹林に響く。
薄暗い縁側で、茶を味わっていると、気分は世塵から離れる。
今も猶(なお)ひろがるコロナ禍への関心を逸(そ)らして。

【陽】

日々、茶を点てるとき我流の手順を踏む。まず、湯は古い小ぶりの「鉄瓶」で沸かす。水が柔らかくなるからだ。鉄瓶の蓋を開けたまま、湯が泡立つ瞬間を目で見て待つ。適温が肝要。

つぎに抹茶を細かい目の茶漉し(ちゃこ)で篩い(ふるい)ながら茶碗に入れる。こうするとダマが減る。そして湯を少し注ぎ、茶筅でねっとりと練ってさらにダマを無くする。濃茶(こいちゃ)の要領だ。それから湯を好みの量まで増やして、シャシャッと泡立てる。

縁側で庭を眺めながらのこだわりの茶、一服。

若い頃、京都の表千家、久田宗也(尋牛齋)家へ、茶の湯の稽古に通っていた。ある爽やかな初夏の昼下がり。茶室に客として静座し、老婦人の、ゆったりとした点前に見入っていると、幽か(かすか)に風炉釜の音が聞こえてきた。

「松風(まつかぜ)」の響きだ、と宗匠に教わる。

その後「松風」の語に出会(でくわ)すと、この時の清閑な情景が蘇る。

伏日田家

伏日(ふくじつ)の田家(でんか)

檐雨晩雷過
筠風暑熱収
園蔬一瓢飲
野老更何求

檐雨(えんう) 晩雷(ばんらい)過(す)ぎ
筠風(いんぷう) 暑熱(しょねつ)収(おさ)まる
園蔬(えんそ) 一瓢(いっぴょう)の飲(いん)
野老(やろう) 更(さら)に何(なに)をか求(もと)めん

夕方、檐(のき)に吹き込んでいた雨とともに、雷も過ぎ去り、
竹林を通ってくる風が、昼の暑さを吹き払ってくれた。
畑で採れた蔬菜をアテに、瓢箪徳利を傾ける。
田舎住まいの年寄りにとっては、これ以上望むものはない。

【尤】

(夏至のあと第三の庚(かのえ)の日が初伏、第四の庚の日が中伏、立秋後の第一の庚の日が末伏(まっぷく)。これら盛夏の三伏の日を総称して「伏日」という。)

アテは小さな畑で採れるささやかな作物ばかりではない。折りにふれて隣近所から野菜や果物の頂き物がある。胡瓜、茄子、トマトそれにトウモロコシ。どれも飛びきり旨い。「ことし試しにつくってみたのだけれど」と貰った黒い枝豆は軽く塩を振って湯掻くと粒が大きくふくよかでほんのりした甘さが絶品だった。「甘いかどうかわからんよ」と添えられた西瓜は真っ赤に熟れ、外の硬い皮のところまで甘味が充満していた。土質の改良や施肥など朝晩の農作業の苦労を見知っているだけに、有り難さも格別だ。

もっとも、みな互いに高齢者。この喜びがいつまでつづくかはわからない。ともあれ田舎住まいに清福あり。靖節(せいせつ)先生(陶淵明)を羨むまでもない。

夏夜逍遥

夏の夜に逍遥す

石橋経過両三里
山水清澄柳下汀
晴夜疑看入仙界
星光爛爛化群蛍

石橋　経過す　両三里
山水　清澄　柳下の汀
晴夜　疑い看る　仙界に入るかと
星光　爛爛　群蛍と化す

【青】

石橋を渡って川沿いの夜道を辿って行くと
垂柳の下、山からの澄んだ水に洗われた汀がある。
よく晴れた夜、目の前に広がる風景は別世界に入ったようだ。
満天の星が地上で蛍になって、キラキラと光り輝いている。

山水画では「石橋」を渡れば仙人や隠者が住む別世界に至る、とよみとる。歌舞伎や能の「石橋（しゃっきょう）」は清涼山にあって、その先は文殊菩薩の浄土とされる。牡丹の花に獅子がじゃれ遊び舞うところだ。

「蛍」は人間の霊魂が現れ出た姿、との言い伝えがある。

夏の夜の漆黒の水辺に浮かび漂う微細な光の群れは、もしや異界に入ったのではと思わせるほど美しい。

昔は近くの川に沢山の蛍が舞った。蛍狩りなどととりたてて騒ぐこともなくごく日常的な季節の風物として楽しんでいた。

今もそれほど遠くはないところに、蛍の名所が幾つかある。けれども地元の人は固く口外を禁じている。

【秋・冬・初春】

初秋夜坐

初秋　夜に坐す

暑退前庭黄葉新
階除驚看墜蟬頻
形枯翼折苦涼露
月下余声愁殺人

【真】

暑退きて　前庭　黄葉新たなり
階除　驚き看る　墜蟬頻りなるを
形枯れ　翼折れて　涼露に苦しむ
月下　余声　人を愁殺す

夏の暑さも収まり、庭の木々もほんのり黄ばみはじめた。
庭先に、つぎつぎと力尽きて落ちてくる蟬に驚き見つめる。
末期をむかえて、体は衰え、はねは欠け、つめたい露に息も絶え絶え。
月の光に照らされて、必死に鳴きおさめようとしている蟬の声に、心が傷む。

暑い夏の間、騒々しく喚き叫んでいた蟬も、涼しい風が吹くと鳴き止む。

秋は、否応なく、人生の老いや死を感じさせる。

二千年以上前に大漢帝国を支配した偉大な皇帝も、

「歓楽極まりて哀情多し、少壮幾時ぞ、老いを如何せん」（秋風辞）

と、その歎きを詠じている。

晩年、武帝は死の畏れから逃れようと、虚しくも神仙思想に傾倒し、得体の知れぬ方士たちを信じて各地に仙薬を求めたり、泰山などで封禅の儀を行った。

地上のすべての生きものに等しく秋は美しくも冷酷だ。

灯下読書

灯下の読書

蒙古襲来及千数
此書明記百余舟
寒灯乱読新修史
耽楽衰翁燦両眸

蒙古襲来　千数に及ぶ
此書明記す　百余舟と
寒灯　乱読す　新修史
耽楽　衰翁　両眸燦たり

元寇の役では、夥しい軍勢が我が国に襲いかかってきたという。
だが、この本には船も百数十艘と書いてある。
秋の寂びさびした灯りの下で、最近出版された歴史書を乱読する。
ますます興味が湧いて読み耽り、歳はとっても、目だけはかがやいている。

【尤】

歴史は、新たな資料の発掘、発見や、異なる視点からの推論で、塗り替えられることがある。

『蒙古襲来』（服部英雄、山川出版社、二〇一四）が、新説として話題になった。

最近も、志賀島出土の金印の文字の読み方について異論を説く本が現れた。

教科書などでは「漢の委の奴の国王」と読む。だが、これは誤りで「漢の倭奴国の王」と読み取るのが正しいという（京都大学名誉教授・冨谷至『漢倭奴国王から日本国天皇へ』臨川書店、二〇一八）。

その理由は、「中国の皇帝が、異民族の首長にあたえる称号は〝王〟であり、〝国王〟ではない」。また「後漢時代の東夷の名称は〝倭奴国〟もしくは〝倭国〟であって、〝倭の奴の国〟は存在しない」。

日本史を、中国史の観点から再検討し、改めて綿密に論考を積み重ねていく。その過程は、読む者にとってもスリリングで快感すら覚えさせる。

やはり歴史の本は面白い。

読古人書　戯作

雅語佳言検索時
佩文韻府最相宜
此書一套厚三寸
又可催眠直枕之

古人の書を読む戯作

雅語　佳言　検索の時
佩文韻府　最も相宜し
此の書一套　厚さ三寸
又　可なり　眠りを催して
直ちに之を枕にするも

詩を作るのに、洗練された言葉を、存分に調べるには
「佩文韻府」が一番くわしくてよい。
原書を数冊綴じ合わせた合本一冊の厚さが九センチほど。
眠くなれば枕にするのにも、丁度よい。

【文】

「佩文韻府」は清の康熙帝の勅命によって編まれた詩作の際の参考書。末尾の字で引く辞典だ。

経（経典）、史（歴史）、子（思想）、集（文学）の四十五万以上の語彙を、熟語の末字の韻（百六韻）によって配列してある。言葉の出典を調べるにも役立つ。

手元にあるのは上海書店刊の四冊本。編著者の多大な労力を想像し、神聖な書物と崇めていた。

時が経つにつれ、ずぼらになり、看て調べることもまれになった。書架で埃を被ったままだ。

漢詩を嗜む者が「佩文韻府」を枕にするなど言語道断に違いない。

石川忠久先生には、こういうのを「戯作」と称する、と窘められた。

農郊秋景

農郊の秋景

五風十雨稲禾肥
百畝金波社祭期
清暁村翁相遇処
却嘆米賤守農危

五風十雨　稲禾肥ゆ
百畝　金波　社祭の期
清暁　村翁　相遇う処
却って嘆く　米　賤くして
農を守るの危うきを

【微・文】

順調な天候が続き、稲の実りも良い。
見渡す限りの稲田が黄金色に輝き、秋祭りの時節となった。
爽やかな早暁、散歩がてら見回る年寄りが出会うと、
豊作の喜びよりも、米価が下がり営農も難しくなったなぁ、と歎きあっている。

「五風十雨」は、五日に一度風が吹き、十日に一度雨が降る、農作業に恵まれた天候のこと。

豊作でも、消費減で米価の低落傾向は止まらない。耕作農家は徐々に減り、出荷は諦めて自家用米を辛うじて作るばかりになった。

いま、農地を守っているのは主に定年退職者たち。残された水田と畑を半ば楽しみながら維持している。これもいつまで続けられることやら。

ただ、かつて豊穣に感謝した秋祭りだけは、都市化した町の五十人ほどの男達が担ぐ壮麗な屋台（やったい）練りのイベントとしてますます盛大に行われている。

閑庭初霜

閑庭の初霜

庭樹紅黄秋気加
東籬双蝶戯金葩
佳期清興不須酒
好試盧仝七椀茶

庭樹　紅黄　秋気加わる
東籬　双蝶　金葩に戯る
佳期の清興　酒を須いず
好し　試みん　盧仝　七椀の茶

庭の木々の葉も赤や黄に色づきはじめ、秋の気配が日ごとに濃くなる。
二匹の蝶が、東の籬の日に照り映える菊と戯れ舞っている。
このよい時期を、風流に愉しむのに、酒などは要らない。
さて、盧仝のいう「七杯の茶」を試してみるか。

【麻】

下戸の本音だ。

中唐の詩人盧仝（?～八三五）が、ある高官から高級な団茶（蒸した茶葉を固めたもので粉抹にして煮出す）三百箇をもらった返礼の詩で、茶の効用を次のように説いた。

「一椀飲めば、のどや口が潤い、二椀飲めば、胸のつかえが取れ、三椀飲んで、ひからびた腸（はらわた）をさぐってみれば、中には『無為自然』があるばかり。

四椀飲めば、軽い汗が出て、平生の不平不満が、すっかり毛穴から飛んでゆく。

五椀飲めば、肌や骨が清らかになり、六椀飲めば、仙界へ通ずる。

七椀はもう飲めない。ただ両腋（わき）からシューと清風が吹き出すようだ」（石川忠久著『茶をうたう詩』研文出版）

俗世界の酒、超俗世界の茶。漢詩で風雅、風流な飲み物として、茶が詠われるようになったのは、白楽天につづく、盧仝のこの詩の影響による、とのこと。

もっとも、当時茶を味わえたのはごく一部の人たちで、一般社会に普及するのは宋代以降だという。

日本では鎌倉時代に、栄西（一一四一～一二一五）が宋から茶種をもたらし栽培を始めたとされる。

秋懐

秋(あき)の懐(おも)い

小院好期朋不来
紅楓揺落蓋青苔
清風待月深秋興
唯有孤愁入酒杯

【灰】

小院(しょういん)　好期(こうき)　朋(とも)来(き)たらず
紅楓(こうふう)　揺落(ようらく)して青苔(せいたい)を蓋(おお)う
清風(せいふう)　月(つき)を待(ま)つ　深秋(しんしゅう)の興(きょう)
唯(ただ)　孤愁(こしゅう)の酒杯(しゅはい)に入(い)る有(あ)るのみ

小さな庭だが、秋の風情が味わえる時なのに、訪ねてくるはずの友が来ない。

真っ赤な楓の葉が散り落ちて青い苔を蓋っている。

爽やかな風に吹かれて、月が昇るのを待ちながら、ひとり深まる秋の興趣(きょうしゅ)を愉しむ。

それでも、酒のなかには、一抹の孤独の寂しさと、秋の愁いが浸みこんでいる。

コロナ禍で人に逢うのを制限された。月見も閑かに楽しむ他ない。

かつてはこんなこともあった。災禍の始まる前の年の秋。七人ばかりの月見の茶会に、東京から優雅な老婦人が、長いあいだ育成支援している青年音楽家を伴ってこられた。茶会が一段落すると、「演奏会」へと続く。凜とした若者が空池（からいけ）脇の大石を舞台に、月光を浴びてバイオリンを奏で始めた。

澄んだ弦の音色が、朽ちかけた陋屋に満ちる。誰もが陶然と聞き入った。

一刻が、文字どおり、千金に価する一夜となった。

その後久しく、田舎家に賑わいはない。今夜も唯、鈴虫だけが声高に鳴いている。

小苑追涼

絶叫残蟬歇
閑庭清月団
更深生素気
松下久盤桓

小苑に涼を追う

絶叫　残蟬歇み
閑庭　清月団かなり
更深くして　素気生じ
松下　久しく盤桓す

昨日まで鳴いていた蟬の悲声も聞こえなくなった。
しずかな庭に、澄んだ満月の光が満ちる。
夜が更けるにしたがい、冷ややかな秋の気配がただよう。
大きな松の下を、時を忘れて、行ったり来たりしている。

【寒】

庭に、大小五本の黒松がある。最も高いのは樹齢二百年に近い。祖父さんかその前の誰かが近くの山から採ってきて植えたのだろう。

どの松も幾度か葉が黄色くなり枯れるかと心配したが、いまは龍姿を誇り矍鑠としている。

十五夜には、満月が大きな松の枝に懸かり、涼やかな虫の音が響きわたる。

陰暦八月十五日の「中秋の芋名月」、九月十三夜の「後の月、栗名月」は見逃せない。

春の月は花の宴を連想させるが、秋の月は自らの来し方行く末の思いに耽らせる。

「三五夜中　新月の色／二千里外　故人の心」（十五夜、昇ったばかりの明月に二千里の彼方にいる君の心が偲ばれる）

白居易が遠くにいる親友の元稹に語りかけた対句は別離と友情の象徴として誰もが知る。

だがこのごろ庭で佇み見る月は、年毎に増える亡き友人を偲ぶ「憂いの月」となってきている。

歳暮偶成

歳暮 偶成る

百八鐘声山寺遐
残樽酌尽復嘆嗟
四囲万物無移変
一夜衰翁一歳加

百八の鐘声　山寺遐かなり
残樽　酌み尽くして復た嘆嗟す
四囲　万物　移変無し
一夜　衰翁　一歳加わる

大晦日の静かな夜、遠い寺からも除夜の鐘が聞こえてくる。
残り酒を酌みながら、また一年が過ぎたかと、感慨にふける。
身のまわりでは、なにも変わらなかったが、
夜が明けると、ひとつ歳を取る。変わるのはこれだけだ。

【麻】

住まいは幹線道路からは離れており、車の騒音も然程聞こえてこない。

大晦日の夜には、隣村の鐘の音が重なり合いながら、響いてくる。

この一年、北隣の家に男の双子が生まれ、村内の幾人かが亡くなった。中には年下もいる。

かつては、二十戸ほどが「同行」として、なにかと互いに助け合い、葬儀の取り仕切りもしていた。

コロナ禍で家族葬が通例になると、こうした付き合いも、ほぼ無くなった。

最近は、近所なのに、誰がいつ亡くなったか、何日も知らないことがある。

暦に容赦はない。また歳を取らされる。

癸巳元朝

癸巳の元朝

初秋老母遠仙遊
後事千般猶未収
元旦剪花供展墓
掌中旧鋏引新愁

初秋　老母　遠く仙遊す
後事千般　猶お未だ収まらず
元旦　花を剪りて　展墓に供う
掌中の旧鋏　新愁を引く

【尤】

平成二十四年（壬辰）の八月に母が逝った。
歳の暮れになっても、後の始末がつけられない。
翌、癸巳の正月の朝、墓に参る。
花を切る鋏が、長年母が使っていたものだったと気づき、また哀しみが蘇る。

墓は近くの山裾にある。

むかしは、奥の方は焼き場だった。担いでこられた棺を、村人たちが、ひと晩かけて焼いた。

夜中に雨がふると、魂が、青い光になって飛びさ迷う。そう信じられていた。

今では、跡地にも新しい墓が立ち並び、すぐ前まで住宅地が迫る。

わが家の、左右に灯籠を配した三基の堂々たる構えの墓は、百年以上経ってやや傾きかけている。

お盆前の墓の掃除、草取りなどは、なお所有者総出の恒例の行事だ。

仏壇の月参りに来てくれる若いお坊さんは、「歳をとったら墓仕舞の決断は早いほうがええよ」と勧める。

墓守りもいつまで出来ることやら。

春雪暁晴

春雪(しゅんせつ) 暁(あかつき)に晴(は)れる

晩来帯雪朔風狂
晨暁閑庭放瑞光
古樹短籬花燦爛
弊廬俄頃似仙郷

晩来(ばんらい) 雪(ゆき)を帯(お)びて 朔風狂(さくふうくる)う
晨暁(しんぎょう) 閑庭(かんてい) 瑞光放(ずいこうはな)つ
古樹(こじゅ) 短籬(たんり) 花燦爛(はなさんらん)
弊廬(へいろ) 俄頃(がけい) 仙郷(せんきょう)の似(ごと)し

【陽】

夕べから雪まじりの激しい北風が吹いていた。
朝方には晴れ、閑静な庭が、めでたい兆しの光にみちている。
老木の枝や低い籬(まがき)に、白く燦(きら)めく雪の花がいっぱい咲いた。
粗末な我が家が、雪の融けるまでの束の間、まるで神仙境の住まいのようだ。

近年の播州姫路二月の積雪記録。調べてみると一九九九年と翌年が五センチ。あとは一〜〇センチと続き、二〇〇四年以降はデータが無い。ところが、令和四年の暮れ、日本海沿いなどに大雪が襲い、播州でも思いがけず久し振りの雪が降った。

厚顔にも毎年出す漢詩の年賀状も来年用はこの詩にしようとすぐに決めた。早速準備を進めていると、いつもは無関心な連れ合いが突然「難しくし過ぎ」と口を出してきた。些かムッとしたが、気を取り直して一考し、次のように改めた。

夜来帯雪北風狂
早暁春庭満瑞光
苔石古松銀爛燦
暫時陋屋似仙境

夜来　雪を帯びて北風狂う
早暁　春庭　瑞光満つ
苔石　古松　銀爛燦
暫時　陋屋　仙境の似し

明けて正月、九十八歳の義母から早々に「まいとし年賀状みてきたけど、初めて読めた」と言ってきた。少しでもわかりやすくしたのが良かったらしい。

春の盛りに、義母は亡くなった。あのひとことが、遺言となり教訓ともなった。

新春試筆

悪疫連年勢未殫
間居不覚向觴歓
雪庭今旦山茶発
把筆忘憂仔細看

新春 筆を試む

悪疫 連年 勢い未だ殫きず
間居 覚えず 觴に向かうの歓びを
雪庭 今旦 山茶発く
筆を把り 憂いを忘れて 仔細に看る

【寒】

コロナウイルスは変異を繰り返して何年も絶える気配がない。
なすべき事もない日々を過ごしているが、杯をとる気にもなれない。
今朝、雪の降った庭に、椿の花が咲いた。
ひたすら細部まで観察し、絵を描くことで、鬱陶しい気分を紛らわす。

いまやコロナにインフルエンザが加わりそうな勢い。

何処へも逃げられないから、気晴らしが要る。いろいろ試みる。絵もそのひとつ。

関西へ帰住した後も、中国水墨画を趙龍光先生と里燕夫人に手本を送ってもらい教わっていた。

描いた絵を提出すると、懇切な技法の説明、注意点などを添え、修正のうえ戻される。

三年ほど徹底して模写に励んだが、松の葉も満足に画けないうちに体調を崩し止めてしまった。

後悔している。

揃え集めた各種の筆、墨、墨汁、それに画仙紙、雲母紙などが、押し入れで堆く眠ったままだ。

手慰みにでもと、また手を付けはじめたが……。

閑居偶作

野塘春水還
嫩草都芳馥
采薺満頃筐
今宵充白粥

閑居（かんきょ）　偶（たまたま）作（つく）る

野塘（やとう）　春水（しゅんすい）還（かえ）り
嫩草（どんそう）　都（すべ）て芳馥（ほうふく）たり
薺（なずな）を采（と）りて　頃筐（けいきょう）に満（み）たす
今宵（こんしょう）　白粥（はくしゅく）に充（あ）てん

【屋】

春の雨で川の水嵩（みずかさ）も増し、
若草も生えそろって、よい香りを放っている。
薺を籠（かご）いっぱいに摘（つ）んで、
今夜のお粥（かゆ）に入れよう。

陰暦の正月は、一日から六日までが、それぞれ、鶏、狗（犬）、猪（豚）、羊、牛、馬の日とされ、その動物の繁殖を、晴雨によって占った。

七日目が人の日、「人日（じんじつ）」で吉凶をやはり晴雨で占う。この日には、春の七草を入れて「七種粥（ななくさがゆ）」を炊く。

かつて、家のまわりを繞（めぐ）っていた川は暗渠になり、その先の川下も、治水を兼ねた堅固な農業水路として整備され、コンクリートの側壁に囲われてしまった。

緑の草の繁る岸辺のおもかげは無い。


いま「七草」は量販店で売っている。

季節のものをお金で買う不自然さに慣れてしまった。

四季折々の各地の風景を映像で眺めながら、通販の宅配で入手した人工栽培の旬（しゅん）の作物を自宅の食卓で味わう。未来社会では、と想像していたことが疾（と）っくに現実となっている。

旅遊

【九州・四国】

客遊肥前多久

山静桜花綻
春芳満廟堂
行人拝尊像
諷誦旧詩章

客遊(かくゆう) 肥前多久(ひぜんたく)

山(やま) 静(しず)かに桜花(おうか)綻(ほころ)び
春芳(しゅんぽう) 廟堂(びょうどう)に満(み)つ
行人(こうじん) 尊像(そんぞう)を拝(はい)し
諷誦(ふうしょう)す 旧詩章(きゅうししょう)

佐賀県多久の山裾の桜の花が開き始め、
古い廟堂いっぱいに、清香が漂う。
旅人は、孔子像に拝礼し、
論語の一章を口ずさむ。

【陽】

佐賀県多久市の聖廟は、三百年余りの歴史があり、春と秋には古式に則った「釈奠（せきてん）」の祭りが行われる。

すぐ近くに復元された学問所、「東原庠舎（とうげんしょうしゃ）」（庠は「まなびや」の意）では、子供たちがカルタなどで遊びながら論語を学ぶ。

市が主催する全国「漢詩コンテスト」は已に二十五回を越え、日本の漢詩界では最長の歴史を誇る。

人口二万足らずの田園都市には、他に目立つような観光地もなく、これという産業もない。

だからこそ、教育文化振興による地域おこしを目指しているのだろう。

文化の香り溢れる静かな別天地、今様の「桃源郷」。現代の情報デジタル社会の中で、多久は不思議な魅力に富んでいる。

伊予春遊

予州三百里
春日雪花随
客途感多少
悠悠物外期

伊予 春遊

予州三百里
春日 雪花随う
客途 感 多少ぞ
悠悠 物外の期

春の伊予路を巡る三日の旅。
雪まじりの寒い日が続く。
それでも、旅に出ると日常生活とは異なる感懐を催す。
ゆったりとした時間の流れの中に身を置く。

【文】

石川忠久先生と行く二十人ほどの旅行団に参加して、西伊予の文化財や詩蹟を訪ねた。年に一度の中国旅行に倣う国内の旅。

この一行が異色なのは、全員で「柏梁体（はくりょうたい）」詩を合作すること。全員が七文字の一句を詠んで提出し、それを先生に、順序よく並べてもらって、長い一詩を完成させる。文雅な遊び。

前漢の武帝が長安に柏梁台を築いたとき、帝と同韻の七言句を臣下二十五人に順次詠み継がせ、一詩とした。「柏梁体」の名称はこの故事に因む。

持参した参考書を繙くベテランもいれば、初めての句作りに四苦八苦する新人もいて、車中は大いに盛り上がる。

面白い作品が出来上がると、それは何よりも貴重な旅の記念となる。

土佐室戸岬

土州旧道恵風吹
蓑笠白衣巡礼之
遥思凌波千万里
沙門空海渡唐時

土佐室戸岬

土州の旧道　恵風吹き
蓑笠　白衣　巡礼之く
遥かに思う　波を凌ぐ千万里
沙門空海　唐に渡る時

【文】

土佐の、古い遍路道に、初夏の気持ちよい風が吹き渡る。
お遍路さんが身なりを整えて通り過ぎる。
岬に立ち、限りなく広がる海の向こう、荒波を越えて
唐に向かう修行僧空海の姿を想像する。

むかしの室戸岬の海岸線は今より上だったから、弘法大師が修行していた頃の御厨人窟（みくろど）と神明窟（しんめいくつ）には、太平洋の怒濤が眼前まで押し寄せ、洞内は大音響が轟いていたことだろう。日夜見えていたのが空と海だけなので、空海と名乗ったという。そしてある朝、明星が口に飛び込んだ、と感じた瞬間に悟りを開いたと伝わる。

半世紀も前、高松に居たころにポンコツ車を駆り、高知で一泊して、室戸岬を訪ね、徳島経由で帰高、という四国半周、強行軍の旅をしたことがある。まだ整備されていない悪路に難渋し、前を走る車の土埃で崖から落ちそうになったりと幾度も危険な目に遭った。無事に完走出来たのは、お大師さんのご加護によるのだろう。

讃岐白峯陵

讃州臨海白峯陵
清冷東風千古情
新院幽魂尚余怨
潮音松韻帯悲声

讃岐の白峯陵

讃州　海に臨む白峯陵
清冷　東風　千古の情
新院の幽魂　尚　怨みを余す
潮音　松韻　悲声を帯ぶ

【蒸・庚】通韻

崇徳上皇の御陵は瀬戸内海に面した五色台の西、緑深い白峯山中にある。

まだひんやりとする春風に吹かれていると、かつて京都で起こった保元の乱などを思い起こす。

上皇の死せる魂は、怨みを忘れず、今もなお漂っているかのようだ。

峰の向こうの波の音と、松の林を通ってくる風の音が悲しげに響きわたる。

鳥羽上皇の命令で近衛天皇に譲位し「新院」と呼ばれるようになった崇徳上皇は、その後、保元の乱で後白河天皇方に敗れて讃岐に配流され、「悲運の生涯」を送ったとされる。しかし、「讃岐院」と呼び親しまれた上皇の晩年は、国府役人の娘との間に一男一女を儲けるなど、言い伝えとは異なり、穏やかなものだったらしい。

やがて動乱や社会不安の世が続き、上皇の魂は大魔縁、夜叉、天狗になったとの説が流布する。

その怒りを鎮めるための神宮や寺などが建てられた。

時代を経て、実像よりも怪異な姿が喧伝され、菅原道真、平将門に並ぶ「三大怨霊」となる。

標高三三七メートル、白峯山頂近くの白峯陵は、まわりに帝の遺体を浸けていたと伝わる霊泉があるなど、今も神秘的な雰囲気が満ちている。宮内庁が管理する天皇陵として、ここは四国唯一のもの。

【京都・近江】

北野天満宮

北野苑中樹百千
瓊葩素魄好文全
却思温故知新意
馥郁東風属聖賢

北野天満宮

北野苑中　樹　百千
瓊葩素魄　好文全し
却って思う　温故知新の意
馥郁たる東風　聖賢に属す

【先】

菅原道真を祭神とする北野天満宮の境内には千本を越える梅の林がある。
紅い珠や白銀の月のような花々、好文（木）ともよばれる梅が満開の時を迎えた。
梅を愛した学問の神様、道真の心に思いを寄せる。
春風が香る。その中に道真がいるのか、いや道真が春風になっているのか。

晋の武帝が学問に励めば梅が咲き、やめると咲かなかったとの故事から、梅を「好文木」「好文」とも呼ぶ。

「温故知新」（論語・為政）、学問の神様として後世尊崇されるようになった道真は、また、ことのほか梅を好んだ。そして大宰府左遷の際に「東風吹かばにほひおこせよ梅の花　主なしとて春な忘れそ」と詠んだ梅の木が筑紫の配所の庭にまで飛んでいく「飛梅（とびうめ）」の伝説まで生まれる。

菅公を奉る北野天満宮は、今では京都の梅見の名所でもある。

その東参道は、上七軒の花街。織物の街、西陣の奥座敷として繁盛し、春には歌舞練場で「北野をどり」が催される。

道真もこの賑わいにはさぞ驚いていることだろう。

客夢対月

客夢(かくむ)月(つき)に対(たい)す

鴨水花筵往事悠
茶寮酒肆化高楼
楼隅時聴三弦遠
満眼嬋娟山月愁

鴨水(おうすい)の花筵(かえん)　往事(おうじ)悠(はる)かなり
茶寮酒肆(さりょうしゅし)　高楼(こうろう)と化(か)す
楼隅(ろうぐう)　時(とき)に聴(き)く　三弦(さんげん)の遠(とお)きを
眼(め)に満(み)つ　嬋娟(せんけん)　山月(さんげつ)の愁(うれ)い

【尤】

若い頃、鴨川の畔でよく桜を愛でながら歓酔した。今では、当時あった料亭や酒屋の多くが立派なビルなどに建て替えられている。その一角、新たな旅館に泊まると、三味線の音が幽かに聞こえてきた。風情は消えていない。
東山から上る月は、歳を経てもなお変わらず艶やかに光り輝き、春愁を催させる。

京都御池通、鴨川畔の豪華なナイトクラブ「おそめ」で、昼間、ジャズコンサートを催したことがある。当時はモダンジャズの興隆期。関西で活躍中の一流ジャズメン合同の初の競演会を大学の仲間と企画したもの。

会場の魅力もあったのか、当日は満席の盛況。奏者の熱演もあって大いに盛り上がり、評論家も認めるほどのレベルの高いジャム・セッションになった。専門誌「スイングジャーナル」でも紹介された。

ちなみに、このクラブのオーナーは上羽秀さん。川口松太郎の小説（後に映画化）のモデルで、木屋町と東京銀座の店を飛行機で往復し「空飛ぶマダム」と呼ばれた人だ。初対面の学生の借用依頼に黙って頷き、傍に控えていた人に「いいよね」とひと言。駄目元と覚悟していたから、これには有り難くも畏れ入った。

ところで、この興行、いいアルバイトにもなるはずだったが、儲けはなかった。なんのことはない、協力してくれたボーイ達が、飲み物代の殆どをポケットへ入れてしまっていたのだ。

その「おそめ」も、いまは跡形もない。

琵琶湖畔春遊

寒雨初晴和気新
征鞍百里傍蘆浜
叡山残雪鳥飛少
笙島軽波人訪頻
三井寺鐘愁異客
彦根城郭憶名臣
風光史跡自悠久
感興無窮淡海春

琵琶湖畔　春遊

寒雨　初めて晴れ　和気新たなり
征鞍　百里　蘆浜に傍う
叡山　残雪　鳥飛ぶこと少れに
笙島　軽波　人訪れること頻りなり
三井の寺鐘　異客愁え
彦根の城郭　名臣を憶う
風光　史跡　自ずから悠久
感興　窮まり無し　淡海の春

【真】

春先の冷ややかな雨もあがり、日が差して穏やかな空気が満ちてきた。
蘆の密生した浜辺沿いの道を辿る。

雪の残る比叡山の頂上辺りには、まだ渡り鳥の姿も見えない。

さざ波に浮かぶ竹生島は、大勢の観光客がもう訪れている。

三井寺の鐘の響きを聞くと、自ずから旅愁を催す。

彦根城を眺めていると、幕末の大老、井伊直弼が偲ばれる。

大自然の四季の風景も、歴史を物語る史跡も、永遠に変わらない。

多様な興趣が尽きない近江の春。


琵琶湖畔は近江八景はもとより、山と水のつくりだす景色がどこも美しい。

また、交通の要衝でもあったから、数限りない歴史の痕跡が残り、由緒ある寺社も多い。

近江八景「唐崎の夜雨」で知られる「唐崎」は、江戸後期を代表する漢詩人頼山陽（一七八〇～一八三二）が江馬細香（一七八七～一八六一）と最後の別れを惜しんだ所だ。

天保元年（一八三〇）山陽は京都から大垣へ帰る細香を見送るため、「唐崎」まで同行した。

永訣の予感があったのか、山陽は「老来、転た覚ゆ、数しば逢うことの難きを」と詠む。

細香は、京に舟で戻る山陽を見送って「二十年中、七度の別れ、未だあらず、この別れの尤も説き難きは」（唐崎松下、山陽先生に拝別す）と記した。二年後、頼山陽没。

近江安曇川

琵琶湖畔冷如冬
藤樹堂中熱気充
遊子津津窺偉績
村翁得得説遺風

近江安曇川

琵琶湖畔　冷ややかなること冬の如し
藤樹堂中　熱気充つ
遊子　津津と偉績を窺い
村翁　得得と遺風を説く

【冬・東】通韻

二月末、琵琶湖畔の安曇川はまだ冬の寒さ。

だが近江聖人と称えられた中江藤樹の開いた「藤樹書院」と記念館は熱気が溢れている。

旅の途中訪れた見学者は興味津々、偉業を物語る資料に見入る。

案内役の村のお年寄りは、誇らしげに、今も受け継ぐその教えを説く。

中江藤樹は日本の陽明学の祖とされる。「知行合一・致良知」を唱えた。

案内書には「『良知』は誰もが生まれながらに持っている『愛敬』の心であり、（中略）『良知』を常に意識して言動に現れるようにする」とある。

その教えは身分の上下をこえた平等思想ゆえ、庶民にまで広く浸透し藤樹は近江聖人とも呼ばれた。

書院のまわりの川も道も生け籬も、手入れが行き届いている。

藤樹先生を慕う心は、三百年経っても変わらず、地域の人たちに根付いているようだ。

湖上春月

湖辺横夕靄
細草落花軽
遠嶺響清籟
文漪皺月明

湖上の春月

湖辺 夕靄横たわり
細草 落花軽し
遠嶺 清籟響き
文漪 皺月明らかなり

みずうみの一帯に夕霧が立ちこめ、
春を惜しむように、ふんわりと落ちる花々が緑の草むらを覆う。
遠くの山々から吹く爽やかな風の音が響き、
綾模様の波に、皺が入ったような月が、浮んでいる。

【庚】

「文漪」や「皺月」は熟した語なのか、念のため調べてみた。

「皺月」は「大漢和辞典」にあった。「戦蒲知雁唼　皺月覚魚来」（戦ぐ蒲に雁の唼むを知り、皺ばむ月に魚の来るを覚ゆ）（唐・李商隠）と例も引用してある。問題ない。

一方の「文漪」は手元のどの辞書にもない。「大漢和辞典」には項目こそあるが、清時代の人名だけで波に関する言及がない。あまり使われない語なのか。

用例を探してみると、「佩文韻府」を繙かずともパソコンの検索で数例が見つかった。「鏡照清浅吹文漪」（宋・梅尭臣）など、波を表わす語として用いられてきたことが判る。

漢語での詩作は、使う語彙に自信が持てず、常にもどかしさが付きまとう。たまさか調べる過程で思わぬ語彙に出会える楽しみもある。
二、三日まえにも「蒙鈍」（おろかでにぶい）の意味を確認していて、すぐそばの「蒙叟」が目に入った。「荘子の別称。『蒙』は荘子の生地」とある。ほんの少し得した気分になった。

湖上観月

山湖清夜興
酣酔月華楼
天上嫦娥宴
杯中泛地球

湖上（こじょう）の観月（かんげつ）

山湖（さんこ）　清夜（せいや）の興（きょう）
酣酔（かんすい）　月華（げっか）の楼（ろう）
天上（てんじょう）　嫦娥（じょうが）の宴（えん）
杯中（はいちゅう）　地球（ちきゅう）泛（うか）ぶ

【尤】

山の湖畔、秋の爽やかな夜気に包まれて、月見の宴を催す。
月光に照らされた料亭での酔い心地は格別だ。
ふと、想う、西王母から得た不死の薬を盗み飲んで月の精になった嫦娥も天上の
宴で、
酒杯の中に地球を浮かべているのではないかと。

ところで、

「五言絶句はまだはやい」

と、石川先生に厳しく注意されたことがある。

詩作の練習には順序があり、まず七言絶句で基本を覚え、五言律詩、七言律詩で対句などを学んだあと、五言絶句に取り組むのが常道とのこと。

五言絶句は少ない字数ゆえに余韻があり、ふっと湧いてくるような即興の面白さが肝要で、つくるには漢詩に精通していなければならない、とされる。

それでも、敢えて詩稿を提出し続け、稀にだが、まずまずの詩が出来ると、

「五言絶句は七言より字数が少なくてボロをかくせるからな」

と今度は軽くいなされる。

竹生島

竹生島（ちくぶしま）

比叡連山帯暁霞
琶湖浮出一青螺
古来神仏共憑処
翁媼欲尋凌白波

比叡連山（ひえいれんざん）　暁霞（ぎょうか）を帯（お）び
琶湖（はこ）　浮（う）かび出（いだ）す　一青螺（いちせいら）
古来（こらい）　神仏（しんぶつ）　共（とも）に憑（よ）るの処（ところ）
翁媼（おうおう）　尋（たず）ねんと欲（ほっ）して　白波（はくは）を凌（しの）ぐ

【麻・歌】通韻

比叡、比良の山並みに朝靄がかかり、
琵琶湖に、青い巻き貝のような、竹生島が浮かんでいる。
昔から神の棲む島として、信仰の対象となってきた。
白波がたつ中、信心深い老夫婦を乗せた舟が出て行く。

竹生島神社（都久夫須麻神社）は、江ノ島、厳島と並ぶ、日本三大弁天のひとつ。宝厳寺は西国三十三ヵ所三十番札所。港へ着くと、神仏隣り合わせているから、それほど歩かなくても、ともに参拝できる。神社本殿と寺の唐門は国宝。


名高い好風光を謡本（うたいぼん）「竹生島」ではこう描く。

帝の臣下が島へ渡る時、「面白や　比（ころ）は弥生の半ばなれば、波もうららに海の面（おも）　霞（かすみ）渡れる朝ぼらけ」と舟に乗り、「猶（なほ）　冴えかへる春の日に、比良の嶺（ね）おろし吹くとても、沖漕ぐ舟はよも尽きじ」と到着する（新日本古典文学大系・謡曲百番）。

六百年程前の作品らしいが、読んでも調子が良い。

漢詩の「読み下し文」も、千年に亘って練り上げられた漢文訓読の技を踏襲しており独特のリズムがある。ただ漢詩特有の音韻は消え去って、無い。

時折、本来どう詠まれるのか。知りたくなると、秘蔵の古い吟詠レコードを聞いてみる。「中国古典詩選集」（一九六八年録音、日本コロムビア）。詠者は陳東海・東京外国語大学教師（当時）、中国北東部の伝統を受け継いだ方らしい。低く呟くような、また酔い狂うがごとき詠唱。音韻が感じとれ、「平仄」や「韻」の規則の存在意義を再認識する。

湖辺夜宴 一

淡海清遊宴
青葱野鴨宜
高楼酌醅酒
窓外雪寒時

湖辺(こへん)の夜宴(やえん) 一

淡海(たんかい) 清遊(せいゆう)の宴(えん)
青葱(せいそう) 野鴨(やおう)宜(よろ)し
高楼(こうろう) 醅酒(ばいしゅ)を酌(く)む
窓外(そうがい) 雪寒(ゆきさむ)き時(とき)

近江琵琶湖畔で夜宴を催す。
天然の鴨の鍋料理に青ネギは付きもの。
見晴らしの良い座敷で酒を酌み交わす。
窓から風雪の音が聞こえる寒い夜。

【文】

長浜の老舗料理屋では野生の鴨に拘り、近くでは殆ど獲れなくなったので、新潟などから取り寄せて供しているという。合鴨とはやはりひと味違う。

詩は題材に即して型式も決まる。試しに、同じ題材をもとに五言絶句と七言の絶句、律詩を作ってみた。

まずは、この五言絶句。

一語にかかる比重が大きく、「平仄」「韻」の規則をまもりながら詩意を調えるのに難渋する。

言外に余韻をどれほど含められたか。

湖辺夜宴 二

淡海連山初雪時
青葱野鴨最相宜
旧楼幸有新醅酒
窓外朔風寒月遅

湖辺の夜宴 二

淡海連山　初雪の時
青葱　野鴨　最も相宜し
旧楼　幸いに有り新醅の酒
窓外朔風　寒月遅し

近江の山並も冠雪し始める頃、
青ネギを添えた鴨料理が一番旨くなる。
老舗には幸いなことに新酒もある。
窓の外は北風が吹き、寒月がゆっくり上ってきている。

【文】

五言絶句と同じ趣旨を七言絶句にした。「窓外」に「風」と「月」を加えた。八字増えた分だけ、描写が具体的になる。起承転結も明確になり、詩意も理解され易いのではないか。

ところで、「湖に面した見晴らしの良い座敷のある老舗」は想像上の存在。実際には見付けられなかった。

鴨が背負ってくるという「ねぎ」の代わりに、最近では新鮮な芹が付く。これもまた良く合う。

湖辺夜宴　三

連山白雪朔風吹
淡海高楼開宴時
隠隠鐘声三井寺
沈沈島影弁天祠
盈樽緑蟻村醪好
加膳青葱野鴨宜
喧聒酔顔頻笑語
寒宵窓外月来遅

湖辺の夜宴　三

連山　白雪　朔風吹く
淡海　高楼　宴を開く時
隠隠たる鐘声　三井の寺
沈沈たる島影　弁天の祠
樽に盈つ　緑蟻　村醪好し
膳に加う　青葱　野鴨宜し
喧聒　酔顔　笑語頻りなり
寒宵窓外　月来たること遅し

【文】

「弁天祠」は竹生島の弁才天。「緑蟻」は美酒の異名。「喧聒」はやかましい。

同じ主題を七言律詩にした。五言絶句とは異なる物語の様相を帯びてくる。どの詩型がテーマに合っているだろうか。

ちなみにどれも「支」の韻で通している。

律詩は、一、二、四、六、八句目に韻を踏み、三、四句と五、六句が対句になる。

漢詩鑑賞の醍醐味は、対句にある、とも言われる。日本にも対句、対語表現はあるが、中国ほどは見かけない。

普段の発想も少なからず異なるからだろう。

対句を作るには語彙が豊富で、一語一語のニュアンスの適確な理解を要する。初心者の手には負い難いところだ。

だが、そこにこそ漢字遊びの醍醐味が潜んでいそうな気もする。

【岐阜】

関原秋望

関原(せきがはら)秋望(しゅうぼう)

欲曙関原黄霧濛
啁啾啼鳥入幽叢
遊魂幾万今猶在
草上露華秋冷中

曙(あ)けんと欲(ほっ)する関原(かんげん) 黄霧濛(こうむもう)たり
啁啾(ちょうしゅう) 啼鳥(ていちょう) 幽叢(ゆうそう)に入(い)る
遊魂(ゆうこん) 幾万(いくまん) 今猶(いまな)お在(あ)り
草上(そうじょう)の露華(ろか) 秋冷(しゅうれい)の中(うち)

【東】

関ヶ原の朝ぼらけ、枯れ野を霧が蔽(おお)う。
悲しげに鳴く鳥が、まだ薄暗い草むらを飛び回る。
ここで戦った数多くの人達の魂が、なおさ迷っているかのように
草におく露が、秋の冷気に包まれて光る。

慶長五年（一六〇〇）の関ヶ原合戦。それほど広くはない山間の草原で十五万人が戦い、死者は八千人にのぼるという。

天下分け目の戦の跡は、現在整備されて観光地になっている。歴史好きの訪問客は大名達の布陣した場所に立ち、それぞれの戦略を想い画いて楽しむ。

だが、戦跡に感傷は付きものだ。駆り出されてやむなく参戦した村人や、一旗揚げようと立身出世を目論んだ雑兵たちの多くが、この戦場で命を落とした。そのことに思い至ると、途端に見える風景が変わる。

平常、新幹線に乗っても関ヶ原はチラッと眺めて通り過ぎるだけ。積雪時にダイヤが乱れる名所としての意識しかない。東京から漢詩仲間を案内したのを機に作った。

岐阜長良川夜漁

金華山脚碧流通
夏夜棹声蘆荻風
漁匠凝看篝火下
鸕鷀潜躍石苔中
香魚奔逸嗟無限
游客驚呼興不窮
忽去六舟従寂寂
水光揺漾月如弓

岐阜長良川の夜漁

金華山脚　碧流通ず
夏夜　棹声　蘆荻の風
漁匠　凝看す　篝火の下
鸕鷀　潜躍す　石苔の中
香魚　奔逸して　嗟限り無し
游客　驚呼して　興窮まらず
忽ち去る六舟　寂寂従う
水光揺漾　月弓の如し

【東】

岐阜城を戴く金華山（旧称稲葉山）の裾を、清流長良川が繞っている。

夏の夜、芦や荻を吹く風にのって、鵜舟の声が聞こえてくる。

鵜飼いの匠（たくみ）は篝火（かがりび）の下、手縄で操る鵜の動きを見つめる。

鵜は水に潜り懸命に苔石のあいだの鮎を追う。

鮎は嗟きながらどこまでも必死に逃げ回る。

観客は歓呼し、感興は尽きない。

だが、瞬く間に六艘の鵜舟は過ぎ去り、川は元の静けさに戻る。

さざ波の立つ水面を、弓なりの月が照らしている。


長良川の鵜飼いは毎年五月十一日から十月十五日まで行われる。中秋の名月の夜は休む。

一千三百年の伝統を誇り、皇室の「御料鵜飼」として、鵜匠は宮内庁の式部職だ。

風折烏帽子（かざおりえぼし）に、藁（わら）の腰蓑をつけた鵜匠が、十羽ほどの飼い慣らした海鵜を操る。

三人乗り六艘の鵜舟で行う「総がらみ」が見どころ。

上流から下ってきて、クライマックスに達し、火の粉の飛び散る水面を舞台に鵜匠と鵜と香魚が闘う真剣勝負の壮麗な絵巻物の世界は、あっという間に流れ去って幕を閉じる。

芭蕉は「おもしろうて　やがてかなしき　鵜舟（うぶね）かな」と詠んだ。

過奥美濃郡上八幡

奥美濃郡上八幡を過る

仲夏碧渓裏
香魚寸寸肥
橋頭翻酒旆
一酔滅炎威

仲夏　碧渓の裏
香魚　寸寸肥ゆ
橋頭　酒旆翻る
一酔　炎威滅ず

夏の長良川上流、
鮎も少しずつ肥ってきた。
酒家の幟が誘うようだ。
ほんの一杯飲むだけで、涼しくなった気がする。

【微】

岐阜に居たころ、夏の郡上八幡へよく行った。

清流に恵まれて、良い地酒があり、鮎や岩魚（いわな）、山女魚（やまめ）が釣れる。夕方に、獲れたばかりの魚を漁師が売る店が出ていた。

橋のたもとに、名物主（あるじ）の蕎麦屋があった。酒、川魚、旨い蕎麦とそれに気楽な雑談。

日が暮れると郡上踊りの稽古の声が涼しい風にのって聞こえてくる。

郡上一揆で起ち上がった先祖たちも盆には帰ってくるのだろう。

記憶は、しばしば美化されるが、郡上八幡も、心中、別天地になっている。

夏日渓雨

夏の日の渓雨

伏日前山白雨晴
竹村灘響水煙軽
渓風入戸払煩暑
庭樹新蟬第一声

伏日　前山　白雨晴れ
竹村　灘響　水煙軽し
渓風　戸に入り煩暑を払う
庭樹　新蟬第一声

真夏の暑い日、向かいの山からも夕立が去っていった。
村を繞る川に靄が漂い、竹林を通して水音が響いてくる。
窓から入ってくる渓風が、家の中に籠った熱気を吹き払う。
庭の樹々の梢で、蜩が鳴き始めた。秋も近い。

【庚】

靄が立ちこめる川沿いの道を「オークヴィレッジ」へ向かったのは、もう半世紀も前のことだ。

飛驒高山の近郊清見村（当時）に、東京の物理研究者だった稲本正さんら五人の若者が、飛驒の匠の技を修得して、手付かずの森を切り開き工房を築いていた。

地元の人たちは、すぐに挫折するだろうと噂していたが、数年も経たぬうちに、質の高い家具を創り出し、東京の展示会でも高く評価されて、見事に事業として成功させた。

いま流行の「移住」の先駆けとも言える。

その時の野心に燃えた稲本さんの言葉が印象深い。

「百年がかりで育った木は百年使えるものに」

「木でモノ作りをしながら、自給自足の生活をする」

「病んだ近代文明を離れ、森林の自然治癒力に未来を託す」

活力溢れる若い大工職人の村は、すでに自然の中に溶け込んでいた。

事業は世代を超え、さらに発展を遂げていると聞く。

雪中飛騨　其一　歳暮

雪中飛騨　その一――歳暮

雪鎖山居歳月窮
晩来窓竹嘯寒風
細餐幸有新醪熟
翁媼相斟爐火紅

雪は山居を鎖して　歳月窮まる
晩来　窓竹寒風に嘯く
細餐　幸いに新醪の熟す有り
翁媼相斟みて　爐火紅なり

【東】

大雪の山里の歳の暮れ、
風に騒ぐ竹の音が窓から聞こえて止まない。
ささやかな夕餉にも、醸したばかりの新酒が有る。
年寄り二人、囲炉裏を前に、差しつ差されつ、ほろ酔い加減で蹲る。明ければ新年。

厳しい冬の自然の中にも、ほっこりと温もりのある暮らしがあった。だが、これも過去の幻影になってしまったようだ。

晩秋のある日、画家を訪ねようと、飛騨白川村から車を走らせた。何処で間違えたか、二、三十分行ったところで、道が途絶えてしまった。その時、眼前に広がったのは、朽ちた廃村の荒漠たる風景。

茅葺きの屋根が破れ、柱や壁が傾いて崩れた家が五つばかり。人の手が入った形跡はない。

誰も住まなくなってから、相当の年月が経っているのだろう。

かつては祭りで賑わったであろう村里の家屋も田畑も、暮らしの匂いを消し、元の荒れた原野に戻ろうとしていた。

北欧出身の美しいモデルと移住してきた画家の古民家は、まったく方角の違う眺めのいい高台にあった。

雪中飛驒　其二　待春

雪中飛驒（せっちゅうひだ）　その二——春（はる）を待（ま）つ

窓外凄風折竹頻
皚皚村径不通鄰
茅廬幸有紅爐火
掬雪煎茶只待春

窓外（そうがい）　凄風（せいふう）　竹（たけ）の折（お）れること頻（しき）りなり
皚皚（がいがい）たる村径（そんけい）　鄰（とな）りに通（つう）ぜず
茅廬（ぼうろ）　幸（さいわ）いに有（あ）り　紅爐（こうろ）の火（ひ）
雪（ゆき）を掬（すく）い　茶（ちゃ）を煎（に）て　只春（ただはる）を待（ま）つ

【真】

雪まじりの強風が吹きつけ、窓から竹の折れる音が頻りに聞こえてくる。
白雪が降り積もり、隣へ行く道も鎖されてしまった。
あばら家とはいえ、囲炉裏の火が暖かい。
雪水で茶を淹れて寛ぎ、閑かに春の訪れを待つ。

雪の中の生活を初めて体験したのは、オリンピックの仕事で、ひと月ほど滞在した札幌でのことだった。

雪の少ない瀬戸内海沿いで育った者には、毎朝、起き抜けに目に入る窓の外の雪景色は、単調で変化がなく、些か気が滅入るものだった。白と黒の世界の印象は、後々まで強く残る。

時を経て、飛騨へ足繁く通うようになって、ようやく雪の中の暮らしの豊かさの片鱗を、再認識しはじめた。それは、厳しくともぬくもりのある充足感に満ちたものだった。

奥飛驒の知り合いの山荘で供されたコーヒーの味が今も忘れられない。

雪深い山中はことのほか水が美味い。

禅僧の一行書「掬雪薫茶」に触発されてつくる。

あとになって、白楽天の詩にも「閑嘗雪水茶」とあるのを知った。

雪中飛騨　其三　探梅訪友

雪中飛騨（せっちゅうひだ）　その三――梅（うめ）を探（さが）し　友（とも）を訪（たず）ぬ

山家梅信早
携酒雪中尋
空屋有余燼
探蹤向後林

山家（さんか）　梅信（ばいしん）早（はや）し
酒（さけ）を携（たずさ）え　雪中（せっちゅう）に尋（たず）ぬ
空屋（くうおく）　余燼（よじん）有（あ）り
探蹤（たんしょう）　後林（こうりん）に向（む）かう

【侵】

隠者暮らしの友から、まだ雪も深いのに、早咲きの梅の花が開いたと伝えてきた。
早速、酒を抱えて訪ねる。
家に着くと留守だったが、囲炉裏の火がまだ燻（くすぶ）っている。
裏の林へ行ったのだろう。雪に残った足跡を辿って探しにいく。

友人や隠者を訪ねて遇わず、あるいは逢えず、をテーマとする詩が流行したのは唐代からだという。

「松下　童子に問う／言う　師は薬を採り去ると／只だ　此の山中にあり／雲深くして処を知らず」（中唐・賈島（かとう））や、「門前　雪満ちて行迹（こうせき）無し／応に是れ先生出でて未だ帰らざるべし」（盛唐・岑参（しんじん））などの例がある。

訪ねる相手が、たとえ留守であっても、その隠れ住む草庵のたたずまいやまわりの情景を感じ取れれば、自らは、ここまで来る楽しみを味わい尽くしたから、それで十分、とするのが主たる趣旨のようだ。

その伝でいうと、誘いに応じてやって来たのだから逢うまで探す、というのはいくぶん野暮だったかもしれない。

雪中飛驒 其四 雪余訪朋

雪中飛驒（せっちゅうひだ） その四――雪余（せつよ） 朋（とも）を尋（たず）ぬ

尋友旧茅屋
磁瓶香雪新
砕氷烹好茗
一椀十分春

友（とも）を尋（たず）ぬ 旧茅屋（きゅうぼうおく）
磁瓶（じへい） 香雪（こうせつ） 新（あら）たなり
氷（こおり）を砕（くだ）いて 好茗（こうめい）を烹（に）る
一椀（いちわん） 十分（じゅうぶん）の春（はる）

【真】

雪のなか、朋友の古い草庵を訪ねた。
部屋には青磁の花入れに、開いたばかりの梅が挿してある。
庭先の氷を溶かして、とっておきのお茶を煎（い）れてくれた。
一杯飲んだだけで、春を迎えた気分になる。

庭に咲く一枝の梅を、部屋の花瓶に挿してみた。微かな清香が漂う。ほんのりと温もりを感じる。

めずらしく雪の積もった日の翌朝、北面の屋根瓦から氷柱が垂れ下がった。試しにこれを折って湯を沸かすのも一興か、とは思ったものの、播州は飛騨とは異なり埃も多いゆえ、これは諦めた。

ここまでの四首、飛騨の冬の風物や深い雪の中での人々の暮らしに接して得た印象をもとに素朴な空想の世界を創り、「雪中飛騨」と題した。

漢詩は、日常語とかけ離れているだけに、却って自由な想像を仮託し易いように思える。

僧院喫茶

僧院喫茶（そういんきっさ）

高樹陰濃満院涼
尋僧別後幾星霜
一期一会松声裏
芳茗清談日自長

高樹（こうじゅ）　陰濃（かげこま）やかにして　満院涼（まんいんすず）し
僧（そう）を尋（たず）ねて　別後（べつご）　幾星霜（いくせいそう）
一期一会（いちごいちえ）　松声（しょうせい）の裏（うち）
芳茗清談（ほうめいせいだん）　日（ひ）自（おのずか）ら長（なが）し

【陽】

寺には高い木々が影を落とし涼気が満ちている。
昔、逢った禅僧に無沙汰したまま、長い年月がたってしまった。
茶の湯では、「一生に一度の縁」の心を大切にと説かれるが、松風の音を聞きながら、
おいしい茶を啜り、ゆっくりと清談を愉しむ。

美濃加茂、正眼寺（しょうげんじ）。いつのことだったか、梶浦逸外（いつがい）・臨済宗妙心寺派管長に面会する予定の時間に先客があり、一時間ほど待たされた。

その間、若い谷耕月（たにこうげつ）師が、話し相手をして下さった。丸顔で迫力を感じさせるゆったりとした風貌。

雑談をしているうちに、仏道へ誘（いざな）われているような気がしてきた。迷妄な心を見透かしておられたのだろうか。

後日、改めて教えを乞うことをお願いしその場で別れたが、師は程なく妙心寺派の管長になられた。

ご多忙ゆえ退任されてからお目に懸かろうと、その時を楽しみにして待っていた。が突然、訃報がもたらされる。まだ六十三歳。長い間の願いが叶わなくなってしまったのだ。

あの待ち時間が「一期一会」だったとは、残念でならない。

夢で逢えた時の一句。

【横浜・江戸・仙台】

港市偶作・横浜

港市偶作・横浜
珍味貪婪　蕩逸児
燕窩熊掌　更に奇なるを求む
老来りて却って倦む　膏粱の美なるを
最も好む　古楼の香稲糜

港市偶作・横浜

珍味貪婪蕩逸児
燕窩熊掌更求奇
老来却倦膏粱美
最好古楼香稲糜

【文】

若い頃、珍しい食材や美食をやたら貪欲に追い求めていた。海燕の巣、熊の手のひらの肉など、より珍奇なものをと際限がない。だが、歳とともに食欲も衰え、脂っこい肉などの美味佳肴を遠ざけるようになって、馴染みの店の、淡白で、さっぱりしたお粥が一番好くなった。

人間の美味探求の性は尽きないが、自ずから限度というものがある。

然れば日本の「朱鷺」はどうか。特別天然記念物・国際保護鳥のトキだ。

幕末の漢詩人、河野鉄兜の随筆「掫觚」に「朱鷺」の食味についての記述がある(『続日本随筆大成3』吉川弘文館)。

「手近キ鳥類ニ、鷗ハ腥臭ニシテ食フベカラズ。鳶肉堅靭ニシテ脂少ナシ。烏肉朱鷺肉、亦美ナラズ。

『朱鷺』ハ鷺類ナレドモ、形モヤヤ異に、肉味モ大ニヲトレリ。鸛ニ似タリト食セシ者イヘリ。

紅鶴ノ名アルモ由アルコトナリ。翅裏ノ紅色モ血色ト見エテ撃殺シタルハ色甚アカシ。頓死モノハシカラズ。」

生々し過ぎるほどの描写だが、如何?

もっとも河野鉄兜は、本草学の書物も著している医者だから、研究対象として興味を持っただけなのかもしれない。

広重画江戸百景

大鷲悠揚旋帝城
波山常総一望平
朔風凜冽六花乱
八百八町新雪盈

広重画く江戸百景

大鷲　悠揚　帝城を旋る
波山　常総　一望平らかなり
朔風　凜冽　六花乱れ
八百八町　新雪盈つ

大きな鷲が江戸の街を見下ろし、悠々と旋回しながら獲物を狙っている。
遠くの筑波山まで常陸、下総の平野も一望の内だ。
筑波おろしの冷たい風に雪が舞い、
江戸城内外、余すところなく積もりはじめた。

【庚】

歌川広重の浮世絵「名所江戸百景　深川洲崎十萬坪」に画かれた風景は、現在の江東区の広い新田埋め立て地の周辺。潮干狩りや初日の出、月見を楽しむ名所としても知られたところだ。

海側からの鳥瞰という奇抜な構図で、大空を舞う鋭い目の大鷲と荒涼とした冬の浜辺の、動と静の対照がきわだっている。

画面には入っていない江戸の市中も、雪まじりの筑波颪（おろし）に吹かれ、誰もが震えながら家に籠っていることだろう。百万人の暮らしの温もりを想像させる。

北斎、広重などの奔放な発想の浮世絵からはまだいくつもの詩材を得られそうだ。

初冬浴泉

初冬(しょとう) 泉(せん)に浴(よく)す

渓頭巌下浴温泉
経絡融通気味全
飛舞天花発何処
蔵王山外月山辺

渓頭(けいとう)巌下(がんか) 温泉(おんせん)に浴(よく)す
経絡(けいらく)融通(ゆうつう)し 気味(きみ)全(まった)し
飛(と)び舞(ま)う天花(てんか) 発(はっ)するは何(いず)れの処(ところ)ぞ
蔵王(ざおう)山外(さんがい) 月山(がっさん)の辺(へん)

秋も尽きかけた寒い日に、渓流に沿った崖下(がけした)の露天風呂に入る。
体中の神経や血のめぐりが活性化され、甚だ気持ちが良い。
飛び舞って降る雪は、いったい何処から来たのだろう。
蔵王山のずっとむこう、月山のあたりか。

【先】

名取川沿いの秋保温泉、広瀬川上流の作並温泉などに、仙台に居る頃よく行った。

春や秋の好シーズンは客も多いが、初冬を迎える頃には寂しいほど閑かになる。

旅館の建物を出て長い石段を下り、険しい崖の岩陰にある小さな露天風呂に浸かる。

渓流の微かな響きにつつまれて、頰に触れる冷たい風も、熱った軆には却って心地よい。

風呂際の石に頭を載せながらとりとめのない空想に耽り、時折ふーっと長い溜息をつく。

あるとき、接客する側の女将さんに、溜まったストレスをどう解消するのか、訊いてみた。

すかさず「高速道路を盛岡あたりまでブッ飛ばすのよ」と、力の籠った答えが返ってきた。

晩秋訪多賀城跡

荒墟寂寂暮煙籠
戦跡蕭蕭落楓空
幾世男児幾千恨
無名魂魄宿霜叢

晩秋 多賀城跡を訪ぬ

荒墟寂寂　暮煙籠む
戦跡蕭蕭　落楓空し
幾世の男児　幾千の恨み
無名の魂魄　霜叢に宿る

【東】

秋の夕靄のなかにひっそりとたたずむ古蹟。
幾たびもの戦いのあった跡も、今は寂しく落ち葉が風に舞うだけ。
代々、どれほど多くの勇ましく闘った男たちが、望みを果たせず命を落としたことか。
名も無い魂が、霜枯れの草むらに宿っているようだ。

宮城県のほぼ中央に位置する多賀城跡。奈良・平安時代から陸奥国府などが置かれて、その政庁の基壇などが残る。

枯れ野の一角に、天平宝字六年（七六二）建立の石碑がある。

「去京一千五百里、去蝦夷国界一百廿里、去常陸国界四百十二里、去下野国界二百七十四里、去靺鞨国界三千里……」と読める。

広漠とした陸奥の地は、幾度（いくたび）も都からの征服者達との戦乱の舞台となり、数知れぬ兵（つわもの）どもの命が露と化した。


ところで、蝦夷（えみし）の英雄、阿弖流為（あてるい）と母禮（もれ）は延暦二十一年（八〇二）、坂上田村麻呂に降伏して平安京へ同道したが、双方の意に反して公卿たちの主張をうけ河内国で斬殺された。

「北天の雄阿弖流為母禮之碑」が京都清水寺の庭園の一角に立っている。

平安建都千二百年を記念する顕彰碑、とのことだが、複雑な思いに駆られる。

【中国】

江南春日

江南春日（こうなんしゅんじつ）

柳絮紛紛散碧流
荻芽茁茁満春洲
河豚今日且肥美
羈泊江南是好謀

柳絮（りゅうじょ）紛紛（ふんぷん）　碧流（へきりゅう）に散（さん）じ
荻芽（てきが）茁茁（さつさつ）　春洲（しゅんしゅう）に満（み）つ
河豚（かとん）　今日（こんにち）　且（まさ）に肥美（ひび）ならんとす
羈泊（きはく）　江南（こうなん）　是（こ）れ好謀（こうぼう）

【尤】

中国江南の晩春。柳の白い綿が緑に染まった川面に舞い落ち、
河の中州には荻の芽が出揃う。
フグは、丁度この頃が最も美味い。
いま、江南を訪れるのは時宜に適った好企画。

中国の詩蹟を巡る石川旅行団が、毎年五月連休前後に催されていた。

初めての参加は、第二十次の平成十六年（二〇〇四）、「杭州から寧波への旅」。総勢は、ほぼ二十人。やや年輩の男女がほぼ半々。職歴は多彩、好奇心がひとしく旺盛な人たちだった。

出発前には、目的地関連の詩と歴史などについての学習会があり、しっかり準備をさせられる。

旅に出ても、バスの車中で先生の講話を聞く、当地で詠まれた有名な詩を唱和するなど勉強が続く。

歴史遺跡や詩蹟の探訪、地元料理の賞味。すべて綿密に練り上げられた九日間の行程は、第一回から同伴するベテランのガイド、実は先生の教え子の手によるもの。行き届いた配慮は尋常ではない。

中華三千年の文化を学ぶ、この上なく贅沢な旅行。その醍醐味をこのあと九回満喫することになる。

長安慈恩寺

長安慈恩寺

桃李清香満曲池
百家春興出遊時
西征万里取経日
大雁塔中思法師

桃李　清香　曲池に満つ
百家　春興　出遊の時
西征万里　取経の日
大雁塔中　法師を思う

【文】

桃や李の香りが大慈恩寺近くの曲江池に満ちて、春は爛漫、
長安（西安）の好時節、誰もが遊びに訪れる。
遥々インドにまで遠征して経典を求めた玄奘三蔵の苦闘の年月に、
慈恩寺の大雁塔に登って、思いを馳せる。

唐の三代目の高宗が亡き母の追善のために建てた大慈恩寺の周辺は、次第に賑やかな遊興の地となり、人々が牡丹など四季折々の花を楽しむ名所になった。現在も西安有数の観光スポットである。

境内の大雁塔は、インドから三蔵法師が携えてきた経典や大量の仏像を蔵(おさ)めるために、六五二年に建立された。

法師が六六四年に亡くなる直前まで没頭した翻訳事業は「大般若経」十六部六百巻など字数にして一千百万に及ぶ。鳩摩羅什(くまらじゅう)の旧訳(くやく)に対し、新訳と呼ばれる。

経典収集の旅から始まった法師の偉業は想像を絶する。

塔の上から東を望むと広漠たる大地がどこまでも続き、ぼんやりとした砂塵の中で空とつらなる。人間が驢馬や駱駝に乗って行ったとは、どうしても信じられなかった。

長安鳩摩羅什草堂寺

長安 鳩摩羅什草堂寺

訳出経文幾刊删
紺園千載対南山
春禽依旧入花樹
眉雪老僧微笑閑

訳し出す経文　幾刊删
紺園　千載　南山に対す
春禽　旧に依りて花樹に入る
眉雪の老僧　微笑閑なり

漢訳し删述した経典はどれほどの量にのぼるだろう。
南山の見える草堂は当時の佇まいを留める。
境内では昔と変わらず、春の花に鳥が戯れている。
どこからともなく現れた眉の白い老僧が、穏やかな顔つきで微笑んでくれた。

【删】

鳩摩羅什（三五〇～四〇九）は亀茲（クチャ）国出身の僧。南山に面した草堂寺で三千人の弟子を率い、法華経など三十五部二百九十四巻の仏典を、漢訳したという。

西安（長安）から南へ五十キロ程離れた処。花の盛りの境内は閑かで人影もない。春風が心地よい石段に腰を下ろして、当時の人達の仏教導入への願望と執念が、どれほど深く激しかったか、暫く思いを巡らす。

ここで訳された仏典に「妙法蓮華経」が含まれている。そのため日本の日蓮宗は草堂寺を祖庭とし、荒れていた寺の復興にも貢献してきた。

わが国の宗教団体が中国の寺院を支援している例は、次の香積寺もそうだが、幾つもある。漢字文化圏のつながりは今なお深いようだ。

長安香積寺

鬧市迷来香積寺
鐘楼高閣路塵昇
招提別有幽閑処
宝塔千年頭角崩

長安 香積寺

鬧市 迷い来る 香積寺
鐘楼 高閣 路塵昇る
招提 別に有り幽閑なる処
宝塔 千年 頭角崩る

賑わう街中を右往左往しながら、漸く香積寺へ辿り着く。
人混みの熱気が、鐘楼や本堂にまで及んでいる。
境内を回っていると、打って変わって静かなところがある。
そこには、崩れかけてはいるが、古い由緒ある塔が、高く聳えていた。

【蒸】

唐の王維が「数里　雲峰に入る」「深山　何処の鐘ぞ」と詠んだ香積寺。そのイメージとはかけ離れて、今では西安の街中の喧騒が、そのまま境内に浸潤する庶民の寺になっている。入場も無料。

だが奥の方へ進むと急に静けさが戻り、唐代（六八〇）に建てられた高さ三十三メートルの善導塔が姿を現す。もともと十三階だったが十一階にまで崩れ落ちて低くなり、所々に草が生えている。

香積寺は安史の乱後、衰退、潰滅、再建、修復が繰り返され、現在の建物は一九八〇年以降のものだ。

ただ、この塔だけがかろうじて原型をとどめる。

浄土宗二祖の善導大師の墓所があるところから、日本の浄土宗が「祖庭」として支援しており、今も参拝者が少なくないようだ。

曹魏故城毓秀台

漢帝天壇浮麦浪
魏公覇気在雲蘿
盃盤残片散田畝
農婦鋤除歎屑多

曹魏故城毓秀台（そうぎこじょういくしゅうだい）

漢帝（かんてい）の天壇（てんだん）　麦浪（ばくろう）に浮（うか）ぶ
魏公（ぎこう）の覇気（はき）　雲蘿（うんら）に在（あ）り
盃盤（はいばん）の残片（ざんぺん）　田畝（でんぽ）に散（さん）じ
農婦（のうふ）　鋤（すき）もて除（のぞ）き　屑（くず）の多（おお）きを歎（なげ）く

【歌】

後漢の献帝のために造られた祭壇の建物は、広い麦畑に浮かぶように、往時の姿を留めている。
当時の覇者、曹操の天を衝く意気は、なお雲の中に籠っているようだ。
祭器の残欠も混じっているのか、瓦礫が辺り一面の土に散らばり、
農婦が畑を耕しながら、面倒臭そうに取り除いている。

河南省許昌市。三国時代、洛陽が戦乱で荒廃し、魏の曹操は後漢のラストエンペラー献帝をここへ迎えて魏の都とした。

毎年、毓秀台では、皇帝が秋分に文武百官を引き連れて天に禱り(いの)を捧げたという。高さ十五メートル程の台上に天爺廟が残る。記録が明確な貴重な古蹟だが、どれも意外なほど小さく質素な建物だ。

強い陽射しに照らされた黄金色の麦畑は壮麗で美しい。その中にポツンと残された遺構は千歳の世の栄枯盛衰を物語る。

曹操の亡きあと、子の曹丕が献帝から帝位の禅譲をうけ、前後四百年に亘った漢の天下が終わることになる。

廬山春遊

廬山（ろざん）春（はる）に遊（あそ）ぶ

雨晴万緑爽風長
深壑煙嵐連碧蒼
石磴欹危瀑泉響
樹梢重畳綺花香
晦翁遺徳存書院
白氏幽情満草堂
看得廬山真面目
何時巌下結雲房

雨（あめ）晴（は）れ　万緑爽風（ばんりょくそうふう）長（なが）し
深壑（しんがく）　煙嵐（えんらん）　碧蒼（へきそう）に連（つら）なる
石磴（せきとう）　欹危（きき）　瀑泉（ばくせん）響（ひび）き
樹梢（じゅしょう）　重畳（ちょうじょう）　綺花香（きかかんば）し
晦翁（かいおう）の遺徳（いとく）　書院（しょいん）に存（そん）し
白氏（はくし）の幽情（ゆうじょう）　草堂（そうどう）に満（み）つ
看得（みえ）たり　廬山（ろざん）の真面目（しんめんぼく）
何（いず）れの時（とき）か　巌下（がんか）に雲房（うんぼう）を結（むす）ばん

【陽】

雨があがると遠くの方から爽やかな風が吹いてくる。

深い谷に靄がたちこめ、蒼い空につながる。
石畳の坂道は険しく　滝の響きが迫ってくる。
樹の枝が折り重なり　咲き誇る綺麗な花の香りが漂う。
朱子の功績を伝える書院は今もその教えを語りかけ、
白楽天の草堂には、なお詩情があふれているようだ。
来て見て知る、廬山の本当の魅力。
何時の日か、この山裾に草庵を築いて住みたいものだ。

廬山は江西省北部の名山で景勝の地。仏教の霊跡でもある。古来、多くの文人墨客が訪れ、また草庵、書院を築いた。

東林寺での慧遠、陶淵明、陸修静の「虎渓三笑」の交わり、一九五九年、中国共産党の彭徳懐らが毛沢東を諫めて失脚した「廬山会議」など、廬山は古今の逸話の宝庫となっている。

「瀑泉」は李白が「飛流直下三千尺」と詩に詠んだ滝。「晦翁」は南宋の儒学者、朱熹の号。朱子は敬称。白鹿洞書院を修復し、当時、第一の学校にした。「白氏」は中唐の白居易。字は楽天。草堂を建て「香炉峰下新卜山居（香炉峰の下、新たに山居を卜す）」の詩がある。

尋靖節先生故地

尋来匡岳九江間
狗吠鶏鳴郷邑閑
靖節先生結廬地
清秋尽日見南山

靖節先生の故地を尋ぬ

尋ね来たる匡岳　九江の間
狗吠え鶏鳴き　郷邑閑なり
靖節先生　廬を結びし地
清秋　尽日　南山を見る

尋ねたのは、廬山から九江への途次、
人影もなく、ときに犬が吠え、鶏の鳴き声が聞こえてきそうな村落。
陶淵明がここに居を構えたと伝わる。
爽やかな秋の一日、淵明の無聊にならい、南山を眺める。

【删】

伝わる。

「帰去来辞」を詠んだ陶淵明（靖節）は、廬山を望む、現在の江西省九江市に帰郷したと

どんな所だったのか？

風聞を頼りに尋ね到ったのは、田園地帯の何処にでもありそうな長閑な邑。明確な旧宅が残っているわけではない。唯、陶姓を名乗る家が今でも多いという、この地に来た理由はそれだけ。

案内してくれた地元ガイドも詳しいことは知らない。ひとまずあり得ないことでもなかろう、と納得し、「桃花源記」にいう鶏や犬の鳴き声に耳を欹て、人気もなく静まりかえった白壁の家並みに挟まれた道を、春風に吹かれながらのんびりと歩きまわって、田舎の風情を楽しんでおく。

竹林小院

竹林(ちくりん)の小院(しょういん)

深山十里路難行
踏入竹林陰霧横
啼鳥歇時聞妙響
尼僧院裏読経声

深山十里(しんざんじゅうり)　路(みち)行(い)くこと難(かた)し
竹林(ちくりん)に踏(ふ)み入(い)れば　陰霧(いんむ)横(よこ)たわる
啼鳥(ていちょう)歇(や)む時(とき)　妙響(みょうきょう)を聞(き)く
尼僧院裏(にそういんり)　読経(どきょう)の声(こえ)

奥深い山の険しい道を登っていく。
霧の籠った竹藪に分け入る。
鳥の鳴き声の合間に、ふっと霊妙な声が聞こえてきた。
質素なお堂で尼さんが一人お経をあげている。

【庚】

ある情景の断片が、一枚の写真のように、脳裏に焼き付いて消えないことがある。有名な古蹟を探す途中、小さな祠の前にさしかかると、読経を終えたらしい中年の小太りな尼僧がニッコリと笑顔を向けてこられた。もの静かで落ち着いた風情。お堂にも荘厳な仏壇は無く質素な隠居のたたずまいだった。

先を急いでいたから、会釈だけして通り過ぎた。

それが何処のどの場所だったか、全く思い出せない。

旅程表では黄山を下りて九華山へ入り、「天台寺」「九華蓮社（尼寺）」「地蔵禅寺」「通慧寺（尼寺）」などを訪ねたことになっている。道中のどこかに違いないが定かではない。メモに記さなかった悔いが残る。

蘭亭懐古

蘭亭懐古（らんていかいこ）

旧苑陽春桃李香
風和鶯語満幽篁
苦吟臨水無新句
誦得蘭亭序一章

旧苑（きゅうえん）　陽春（ようしゅん）　桃李（とうり）香（かんば）し
風和（かぜわ）し　鶯語（おうご）　幽篁（ゆうこう）に満（み）つ
苦吟（くぎん）　水（みず）に臨（のぞ）んで新句（しんく）無（な）し
誦（しょう）し得（え）たり　蘭亭序（らんていじょ）の一章（いっしょう）

うららかな春の日、歴史に名高い苑地には桃や李が香り、
風は和らいで鶯の鳴き声が閑かな竹林に響きわたる。
かつての風流人士のように、清流に臨んで詩作を試みるが適わない。
「蘭亭之序」の一節を吟じて挫けた心を慰める。

【陽】

貴族で書聖の王羲之は三五三年（永和九年）三月三日、会稽山の麓の蘭亭（紹興市）に地元の名士らを招いて「曲水の宴」を開いた。

その時の詩集の序文が「蘭亭之序」。情緒豊かな名文として、また秀麗な書法として知られる。

旧苑は新たに整備されており、蘭亭の門をくぐると竹林沿いに小径が続き、王羲之が好んで飼っていた鵞鳥のいる池に至る。息子の王献之との合作「鵞池」碑がある。先に進むと、流された酒杯が自分の前で止まれば即興で詩を詠む「曲水流觴」の宴を張った清流が復元されていた。

「永和九年歳在癸丑暮春之初会于会稽山陰之蘭亭脩禊事……」

（永和九年、歳は癸丑に在り。暮春の初め、会稽山陰の蘭亭に会す。……）

この「蘭亭之序」、王羲之書の真跡は現存しておらず、唐代の能書の臨模や模刻などが伝わるのみだ。

訪紹興有感

紹興を訪ねて感有り

柳舞南風慰客途
水浮一邑浸汀蒲
家家依旧醸名酒
誇説遊人樽味殊

柳は南風に舞い　客途を慰む
水は一邑を浮かべて　汀蒲を浸す
家家　旧に依りて　名酒を醸し
誇って遊人に説く　樽味殊なると

初夏の爽やかな南の風が柳を翻し、旅の疲れを癒やしてくれる。
紹興の街は水面に浮かんでいるようで、渚には薄が繁る。
どの家も、昔から自慢の紹興酒を醸し、
観光客に、うちの樽酒は特にうまい、と売りつける。

【虞】

紹興は湖沼が点在し水路が縦横に走って、「江南のヴェニス」の別名を持つ。紹興酒は鑑湖の湧き水で造られ二千年の歴史を誇る。

港沿いには造り酒屋が軒を連ね、フラリと立ち寄る客は何処でも歓迎されて試飲を楽しめる。桶から汲む酒は甘味のある原酒の味わい。


その日、酒蔵を出て、水上観光を楽しもうと二、三人乗りの、真っ黒な「烏篷船」に乗り込んだ。

ところが突如、雷が鳴り轟き、大粒の雨が降りはじめる。暫く避難して様子をみたが止まず、ついには諦めざるを得なかった。

遠来の客を歓迎しない無情の雨を誰もが恨む。

訪沈園有感

沈園を訪ねて感有り

旧苑嬌鶯嘆晩春
残花零落共悲辛
池辺楊柳尚纏恨
橋下緑波愁殺人

旧苑の嬌鶯　晩春を嘆き
残花零落して　悲辛を共にす
池辺の楊柳　尚お恨みを纏い
橋下の緑波　人を愁殺す

【真】

紹興の名所、宋代の「沈園」を訪れると、鶯が行く春を惜しむように鳴いている。盛りを過ぎて散る花も、哀れを感じさせる。
池の柳は、昔の相思相愛の二人の悲恋を忘れぬかのように、うなだれて葉を翻し、相見交わす舞台となった橋の下、緑に染まるさざ波は今も訪ねる人の同情の念を惹き起こす。

南宋を代表する詩人、陸游は七十五歳の春、この沈園で、四十年前に姑との折り合いが悪くて愛しながらも別れた妻、唐琬に偶然出逢った。その折り、絶句二首を詠んだ。

「城上の斜陽　画角哀し／沈園　復た旧池台に非ず／傷心　橋下　春波緑なり／曾て是れ驚鴻（唐琬の姿）の影を照らし来たる」（沈園　其一）また、「此の身　行ゆく稽山の土と作らんも／猶ほ遺蹤を弔って　一たび泫然たり」（其二）

このあとも陸游の唐琬への深い思いは驚くほど永く続く。

八十一歳の冬には「路は城南に近づきて已に行くを怕る／沈家の園裏　更に情を傷ましむ」（十二月二日夜、夢に沈氏の園庭に遊ぶ）と夢にまで見る。

さらに三年後、八十四歳の詩人は、次のように詠う。

「沈家の園裏　花　錦の如し／半ばは是れ　当年　放翁を識らん／也た信ず　美人も終には土と作ると／堪えず幽夢の太だ匆々たるに」

亡くなる一年前だ。

「中国の長い歴史の中でも、一人の女性を思いつづけて詩を作るということは、陸游以外にはいない」（石川忠久『陸游百選』ＮＨＫライブラリー）

沈園は、池、築山、石板橋などに、当時の風情が残っており、現在も観光客が絶えない。

秋風楼

秋風楼

秋風楼上望河水
武帝那辺歎一身
詩蹟訪遊多感興
暫時可忘老愁頻

秋風楼上　河水を望む
武帝　那辺ぞ　一身を歎ぜしは
詩蹟訪遊　感興多し
暫時忘る可し　老愁頻りなるを

【真】

秋風楼の上から、黄河とその支流汾水を眺める。
武帝が「秋風の辞」で自らの老いを嘆いたのは、どの辺りだったのだろう。
詩に因んだ場所を訪ねる旅の興趣は、尽きることが無い。
暫くは、付きまとう老いの愁いも忘れていよう。

前漢王朝の黄金期を築いた武帝は、四十四歳（前一一三年）の秋、土地の神への祈りの後、汾河（汾水）中流に舟を浮かべて歓宴を開いた。そこで「秋風の辞」を作る。「秋風起こりて白雲飛び／草木黄落して雁南へ帰る」「簫鼓鳴りて棹歌発し／歓楽極まりて哀情多し／少壮幾時ぞ老いを如何せん」の句として知られる。

秋風楼は後世、この「辞」にちなんで建てられたとか。現存の楼は清朝の時代の建物で、高さは三十三メートル。

見晴らしの良い三層に登って、黄河と合流する汾河を眺めてみたが、風に舞い上がる黄砂のせいか判然とはしなかった。

それでも、その辺りに老いを嘆いた武帝がいたかと思うと、同じ人間としての親近感が湧いてくる。

禹域歴訪

禹域（ういき）歴訪（れきほう）

桐花爛漫百家春
行旅関中忘俗塵
鯉躍龍門黄濁湧
客登雁塔赤霞匀
杜陵寂莫柏松古
西市殷昌錦肆新
渡水随雲秦嶺下
遥思盛世大唐人

桐花（とうか）　爛漫（らんまん）　百家（ひゃっか）の春（はる）
行旅（こうりょ）　関中（かんちゅう）　俗塵（ぞくじん）を忘（わす）る
鯉（こい）は躍（おど）る　龍門（りゅうもん）　黄濁（こうだく）湧（わ）く
客（きゃく）は登（のぼ）る　雁塔（がんとう）赤霞（せきか）匀（ととの）う
杜陵（とりょう）　寂莫（せきばく）　柏松（はくしょう）古（ふ）る
西市（せいし）　殷昌（いんしょう）　錦肆（きんし）新（あら）たなり
水（みず）を渡（わた）り雲（くも）に随（したが）う秦嶺（しんれい）の下（もと）
遥（はる）かに思（おも）う　盛世（せいせい）　大唐（だいとう）の人（ひと）

【真】

桐の花が咲き乱れる春の盛り。

関中を巡る旅に出て、日常の生活の煩わしさを忘れる。

鯉が龍に変身するという龍門を貫く黄河の濁った水は、湧き出すように激しく流れている。

多くの観光客が登る大雁塔は、夕空に映えて美しい。

前漢の皇帝の墓は、今は老いた柏や松が茂るだけで、わびしさを漂わす。

かつての長安の西の市は、街が新たに復元されて、今も賑わう。

あちらこちらと秦嶺山脈を眺めながらの旅を続けていると、
大帝国を誇った唐代の人々の姿が、胸中に彷彿として蘇ってくるようだ。


毎年恒例の中国旅遊の締めくくりは長安とその周辺。

石川忠久先生も、高齢でこれ以上続けるのは無理と、二〇一四年（平成二十六年）のこの旅が最後となる。

「龍門」の帰途、念願の「司馬遷墓」を訪ねたとき、前漢の歴史家への思い入れは尋常なものではなかったらしく、「これで気持ちの整理がついた」と洩らされた。

「禹域」は中国の別称。「関中」は西安を中心とする渭河平野一帯。「龍門」は黄河中流、登竜門で知られる険所。「雁塔」は西安、慈恩寺の大雁塔。「赤霞」は夕焼け。「杜陵」は前漢、宣帝の陵墓。「西市」は唐時代の国際貿易センター。「殷昌」繁盛する。「錦肆」は立派な店（復元されている）。「秦嶺」は終南山を主峰とする山脈。

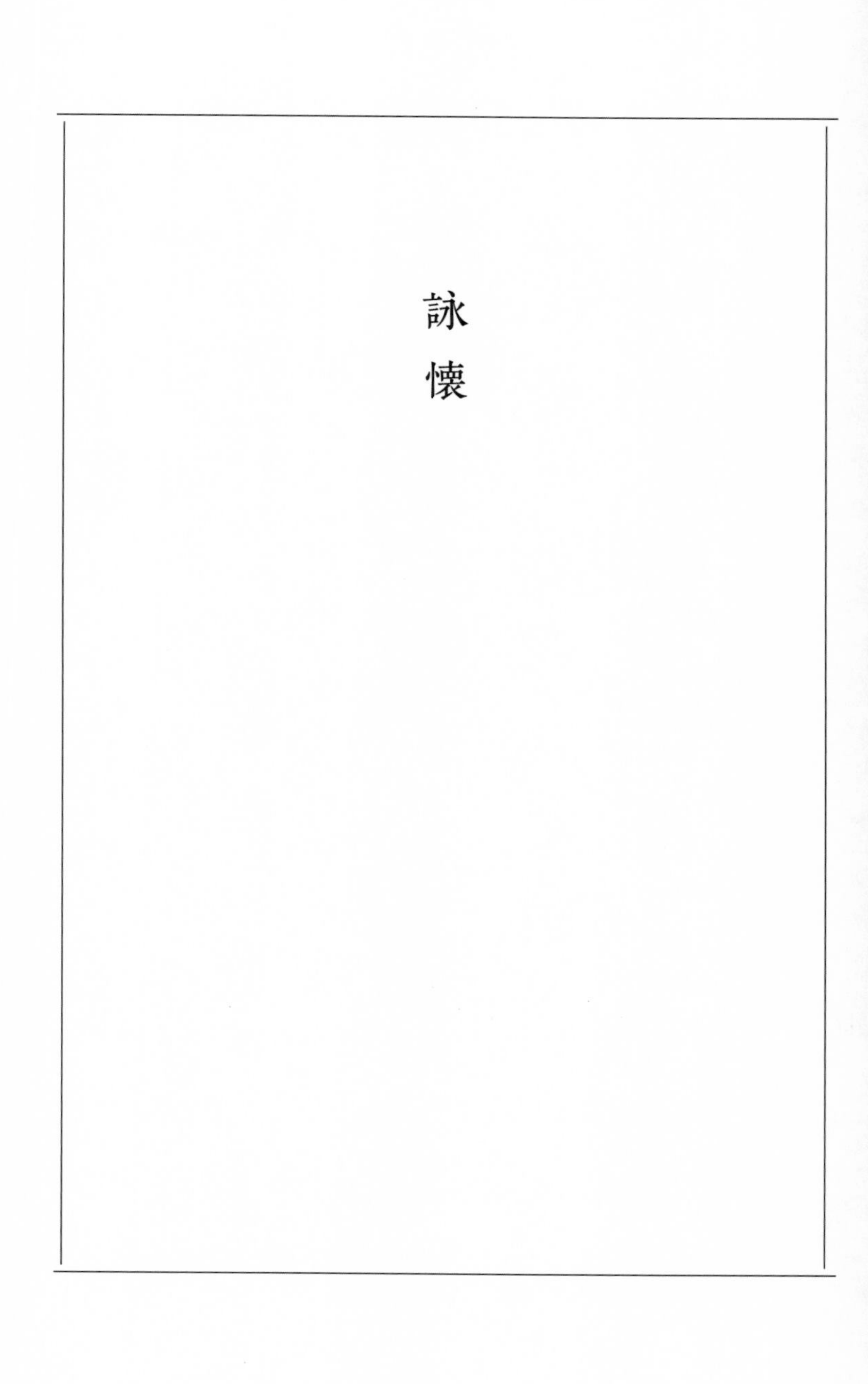

詠懐

良寛墨跡

良寛の墨跡

壁間詩幅大愚筆
毬子千金一二三
其意何如無達識
墨痕相看似清談

壁間の詩幅　大愚の筆
毬子　千金一二三
其意　何如　達識無し
墨痕　相い看るは清談に似たり

【覃】

床の間に良寛の書が掛けてある。
「手鞠の価は千金。一二三」とある。
詩意を十分には摑みかねるが、
筆跡をじっと看ていると、大愚和尚と世俗を離れて対話している気分になる。

良寛の詩は「袖裏の毬子　直千金」のあと、「謂ふ言　好手　等匹無し／箇の裡の意趣若し相問はば／一二三四五六七」とある。

（千金にも価する、袖の中の美しい手鞠、われこそは鞠つきの名人、並ぶ者はいない。もしこの意趣について、問われたら、こう答えよう。一二三四五六七）

和尚の含意は、定かではない。

夏目漱石は晩年良寛の書を熱愛し、「良寛上人は嫌ひなもののうちに詩人の詩と書家の書を数へてゐた」として「それを嫌ふ上人の見地は黒人の臭を悪む純粋でナイーブな素人の品格から出てゐる。心の純なところ、気の精なるあたり、そこに摺れ枯らしにならない素人の尊さが潜んでゐる」と評した（大正三年〔一九一四〕、東京朝日新聞「素人と黒人」）。

良寛のこの詩の書軸を持っていたことがある。二年余り感じ入って看ていたが、字が上手すぎるのでは、と真贋を疑い始め、結局は処分した。鑑識眼が無かったことを羞じる、苦い経験だ。

書斎偶成

書斎にて偶成る

幾歳風騷文墨親
字源典故興津津
一句一首成巴調
自愧未嘗驚鬼神

幾歳の風騒か　文墨に親しむ
字源　典故　興津津たり
一旬一首　巴調を成す
自ら愧づ　未だ嘗て鬼神を驚かさざるを

【真】

漢詩に親しみ、また作って何年になるだろう。
なお、漢字のなりたちや、典拠となる故事への興味は尽きない。
下手な詩でも十日に一首は捻り出そうと努める。
情けないことに、詩の神様に感心してもらえる程の作品は無い。

ＮＨＫラジオ、石川忠久先生の「漢詩をよむ」が昭和六十年（一九八五）に始まる。面白そうだったのでテキストを毎号買って流し読みしていた。十六年後、タイトルが「漢詩への誘い」に変わる頃、湯島聖堂の石川講座「漢詩をつくる」に入門した。

教室では、毎回、与えられた題の詩を出稿し、それを先生が読み上げられ、問題点を指摘、添削される。

受講者は、経営者、僧侶、官僚、書家など多彩だったが、分け隔て無く、厳しく、また優しく指導された。

誰もが、好い年をして稚拙さを指摘され、身が縮む思いをする。

一日数首の佳作に対しての褒め言葉は「すらっと出来ている」。

以来二十年余り、未だ「漢詩らしい漢詩」が作れない。

夏夜哀悼

夏の夜に哀悼す

訃音晩夏来茅屋
駭惋漣然涕濺裾
松柏蕭騒腸断夕
灯前懐旧対遺書

訃音　晩夏　茅屋に来たる
駭惋　漣然として　涕裾に濺ぐ
松柏　蕭騒　腸断の夕
灯前旧を懐いて　遺書に対す

暑い日の夕方、石川忠久先生の訃報が届いた。
驚き嘆き、とめどなく涙が流れて裾をぬらす。
松柏の樹々を吹く風が物寂しく響いているようで、腸を断たれる思いだ。
薄暗い灯りの下、書架に並ぶ先生の著書を見つめる。

【魚】

令和四年七月十二日、突然、先生のご逝去を知る。

茫然自失、大きな指標を失ったことに戸惑ってしまう。

ともかく、その時の心境を記しておこうと、この「夏夜哀悼」と次の「追想昔遊」の絶句二首を作った。

松柏は常緑樹で樹齢が長く人の長寿にたとえられるが、陵墓などにもよく植えてある。感情過多のきらいはあるが、自らの悲しみの記録として残しておく。

「李白や杜甫の詩を知らない人は可哀そうだなぁ」。この一言を幾度となく聞いた。

先生は講演を依頼されると全国どこへでも出向かれた。その卓越した博識と口跡のよさに魅せられてどれほど多くの人が漢詩の愛好者になったことか。先生の最大の功績はこの普及活動にあったと言えるかも知れない。

追想昔遊

昔遊を追想す

随伴老師西復東
訪尋詩蹟路無窮
清談諷詠旨郷酒
山色江声夢寐中

老師に随伴す　西復東
詩蹟を訪尋して　路の窮まる無し
清談　諷詠　郷酒旨し
山色　江声　夢寐の中

【東】

先生のお伴をして、西へ東へと旅をした。
詩や詩人に縁のある所を巡ってとどまるところがない。
旨い地酒を傾けながら、高尚な談論や詩作を楽しませてもらった。
夢の中に、共に見た美しい山や川の風景が浮かんでくる。

中国全土の詩蹟を隈なく巡る毎年恒例の石川訪中旅行団は、各回八日か九日の旅程だから九回合わせて八十日余り、先生と昼夜行動をともにしたことになる。その間、すべての団員とほどよい間合いで接しられ、お人柄にも依るのだろう、誰もが和やかな旅を楽しんだ。

この旅で得られた成果は計り知れない。中国大陸の歴史、文化、風土、民俗などを学べたばかりではなく、現代中国社会の実相をも垣間見ることが出来た。

詩蹟や史跡の風情、立ち寄った街や村の匂い、寺院で修行に励む僧侶の佇まい、香辛料を効かした郷土料理の味わい等々、今となっては、全てを掛け替えのない思い出として胸中深く刻んでおくしかない。今後の様々な発想の源泉になってくれることだろう。

車窓秋色

車窓の秋の色

富峰流覧午餐後
茗圃稲田湖水奔
幾歳往来千里路
又看淡海向黄昏

富峰流覧す　午餐の後
茗圃　稲田　湖水奔る
幾歳の往来　千里の路
又看る　淡海　黄昏に向かうを

【元】

新幹線に乗り、駅弁を済ませて秀峰富士の眺めを楽しむ。茶畑、田圃、浜名湖と景色が移り変わる。東西五、六百キロを何年行ったり来たりしたことだろう。思いに耽っているうちに、日が西に傾きはじめ、琵琶湖が望めるところまできていた。

東西、漢詩の碩学の謦咳に接しておく。東京と関西を往還する目的のひとつは、これだった。

幸いなことに、近年、大学の先生方の一般市民を対象にした講座が各所で開かれている。石川忠久先生は東京で、一海知義先生は大阪、神戸で受講できた。

この〝追っかけ〟は楽ではないが楽しかった。大袈裟に言えば、老後の人生を豊かにしてくれた。講座に合わせて通った能、歌舞伎、文楽、それに落語も少しばかりだが以前より楽しめるようになった。漢詩文の影響が広く深いことを遅ればせながら再認識している。

御両所とも他界された今となっては、ひとしお感慨が深い。

もうひとつの余得は、駅弁の事情通になれたこと。

旅舎除夕

旅舎の除夕

復知一歳如過客
老騎馳駆積世塵
窮巷茅廬同逆旅
和風明日又迎春

復た知る　一歳　過客の如きを
老騎　馳駆して　世塵積もる
窮巷の茅廬　逆旅に同じ
和風　明日　又春を迎う

また、一年が旅人のように過ぎ去っていく。
歳を取っても、あたふたと走り回り、日々の俗事ばかりが積み重なる。
むさくるしい巷の粗末な家は、人生行路の旅宿なのか。
風も和らぎ、夜があけると、復た、新たな春を迎える。

【真】

「天地は万物の逆旅なり　光陰は百代の過客なり」（「春夜宴従弟桃花園序」）と李白。

これを芭蕉は「月日は百代の過客にして行き交ふ年もまた旅人なり」として、「奥の細道」の序文に記した。

「過客」は旅人、「逆旅」は旅客を「逆」える宿屋。

言葉も趣旨も拝借した。

誰もが抱くであろう、歳末の率直な実感。

誕辰偶感

誕辰(たんしん)　偶(たまたま)感(かん)ず

野老杖朝如半仙
養痾嘗薬自堪憐
猶余漂蕩風流意
多少波瀾不繋船

野老(やろう)　杖朝(じょうちょう)　半仙(はんせん)の如(ごと)し
養痾(ようあ)　嘗薬(しょうやく)　自(みずか)ら憐(あわ)れむに堪(た)う
猶(なお)余(あま)す　漂蕩風流(ひょうとうふうりゅう)の意(い)
多少(たしょう)の波瀾(はらん)　船(ふね)を繋(つな)がず

【先】

八十歳を迎えた田舎の年寄りは、半ば仙人のような暮らし。
情けないことに、持病の養生をし、薬をのむのが毎日の仕事。
それでも、広い世間にさすらい、風雅な遊びに耽りたい気持をなくしてはいない。
少なからず波瀾はあろうとも、繋がれぬ舟のように、悠々と生きていきたい。

五十歳になって家の中で杖をつくことを許されて「杖家」、六十歳で「杖郷」、七十歳は「杖国」、八十歳を迎えると「杖朝」という。天下どこにも憚らず、の意か。

百歳時代の「杖朝」は、あとひとつぐらいは何か出来ないか、との意欲と、人生、事故や災害も何時あるか判らぬ、齷齪せず為るに任せ、自足して生きればそれで良いとする、開き直りの姿勢とが交錯する。

「不繋舟」は『荘子・列御寇』の「巧者は労して知者は憂う。無能なる者は求むる所無く、飽食して遨遊す。汎として繋がざる舟の若く虚にして遨遊する者なり」から。〝無能なる者〟は道の体得者を、〝虚〟は虚心を意味する（福永光司他翻訳『荘子　雑篇』ちくま学芸文庫）。

あとがき

漢詩を作り始めた頃、ひと世代上の先輩達は「真面目にやり過ぎると命を落とすよ」、また「手垢で『字源』（旧版二五〇〇頁余）が真っ黒になったわよ」などと仰有る。熟達を目指す努力の積み重ねに感銘を受けましたが、到底、真似は出来そうにもないと、気後れしてしまいます。当時は、熱心に取り組んでいる方が、まわりに大勢おられたのです。

ＮＨＫ文化センター青山と湯島聖堂で、毎月一、二首、自作を提出して、石川忠久先生の指導を受けました。一般人の受講生が、三十〜五十人一緒ですから、問題点の指摘や添削は一人あたり二、三分に過ぎません。ですが、お叱りや、ハッと気づかされる助言など、先生が拙作にどんな反応を示されるか、その総てが後々の規範となります。

ある時、石川教室で新入の受講生に、ベテランの詩友が「あの人の詩は参考にしない方がいいよ」と、小生の方を横目で見ながら親切に囁いていました。いつも提出する詩が真っ当ではないと伝えたかったのでしょう。先生の「素直な人ほど上達が早い」との教えに沿う助言です。

初心者にも拘わらず大胆にのびのびと作っていたのが、奇を衒っていると思われたのでしょう。確かに、いつまでも上手にはなりませんでした。如何せん、この持ち前の性向は変えられず、今に至っています。


ところで昔の漢詩に、なぜ親しめるのか、時折、自問していました。そして、ふとそれは「勤め人」同士の共感ではないか、との考えが浮びました。

例えば、当時の官僚は突然辞令が下されると、直ちに任地に赴かねばなりません。地方の勤務地からさらに遠くへやられる悲哀は、西も東も、時代を越えても変わらないでしょう。終身雇用制度下サラリーマンの宿命です。

また、勤めを終え引退した後に、閑適な人生を送りたいとの強い願望もよく似ています。千三百年前の詩を真似て作っていても違和感がないのは、文化風土を同じくするからだと、この一事からも改めて再認識しました。

常日頃、歌舞伎を見、落語を聞いて、江戸の世の風俗を楽しむように、漢詩に親しみながら、ごく自然に、遥かなる唐宋のご時世に気持ちよく浸り入っているのもこの基底があってのことでしょう。

毎月、湯島聖堂の「聖社詩会」が終わると、いつもの顔触れ四、五人で先生夫妻を囲む蕎麦屋談義を催すのが常でした。話題はごく気楽な世間話。長良川鵜飼い見物や布引の滝、有馬温泉行なども、ここで決まりました。

ある夜、めずらしく漢詩の話になり「作っている詩も文学として評されるようにならないと……」などと生意気にも口走ると「そうだ！」と、先生が驚くほど強く頷かれたことがあります。理由は、そのとき説明されませんでしたが、あとになって、漢詩界の現状に対する鬱屈した思いをお持ちだったのではないか、などと勝手に想像してしまいました。

和やかな集まりが、時折、懐かしく思い出されます。

「漢詩を作るなんどやめといたほうがよろしい。碌なもんしかでけへんから」と一海知義先生（神戸大学名誉教授）、「唐詩を読む」の文化講座での余談です。

ところが、数回あとの講座では、「漢詩を作るなんど、その気になれば簡単やでぇ。道具帳があったら誰にでもでける」。道具帳とは辞典や韻を分類して集めた韻書、それに手引書などのことです。

暫くすると、今度は「中国の大学の先生が酒を贈ってくれるんや。それは有り難いんやけど、いつも詩を付けてきよる。礼をいうのに詩を作らないかん。それがかなわんのや」。それぞれの言葉の裏には、その都度、異なる漢詩イメージが浮かんでいたに違いありません。

一海先生のゆったりした口説（くぜつ）が、尚、耳朶に残っています。

このところ、日本では数少ない漢詩の定期刊行誌「二松詩文」（季刊）に、「応募数が減ってきております。積極的な応募をおねがいします」との呼びかけが、毎号、載っています。

漢詩壇を支えていた手練れの主力層が高齢で引退され、出稿が減少しているのでしょう。寂しい限りですが、時が過ぎるのには抗えません。

一方、湯島聖堂の漢詩を作る講座は、コロナ禍下の定数減もあってか、新年度の希望者が順番待ちの盛況でした。関心を持つ人が急減しているというわけでもなさそうです。優秀な若い人達が台頭してきているとも聞きます。

もっとも、この絶滅を危惧されるという現況をも、「外国語の詩を作る人が千人もいるとは驚き」と賛嘆する声すらありますから、一概に悲観しなくてもよいのかも知れません。

いまは、漢詩を作るのが楽になっています。一海先生の言う何冊もの「道具帳」をひっくり返して調べなくとも、電子辞書で大抵は間に合います。それに、曲がりなりにもパソコンが操れれば、古今の名詩なども簡単に調べられます。以前とは様変わりで、時間とエネルギーが大幅に節約出来るようになりました。

今後、ＡＩ（人工知能）が進歩するとどうなるのでしょう。

雅語や熟語、典故、用例などの膨大なデータを定型詩の規則に合わせて処理するのは、ＡＩの最も得意とする処です。

作詩意図や背景などを入力しさえすれば、たちどころに、十数首の上手な句が提示されるでしょう。作者はその中から一首を選び、幾つかの字を入れ替えれば完成ということになります。

唯、便利な道具帳の役割に留まっているうちは良いのですが、作者が思いも付かなかった発想も示されるようになれば、主役はＡＩなのか、作者なのか、分からなくなりそうです。

漢字と戯れる「風雅の遊び」は創作の歓びと一体のものでした。キーボードを駆使するゲームになっても、知的な興奮を味わえるのでしょうか。「呻吟」なる言葉も消えるかも知れません。

「誰でも簡単にできる」ようにはなりそうですが。

田舎の、築百四、五十年の古家は、柱や障子も傾いて隙間風が吹き通り、冬は暖房を効かしても寒く、夏は冷房を上回る熱気が入り込んで、決して住みやすくはありません。それでも草木や鳥、虫などが身近に感じられて、もうマンションの部屋へ戻る気はしません。「閑適」の気分で酔狂な漢字の遊びを厭きもせず続けていられるのも、このような環境によるのかな、と思われます。

日々、年相応に惚けてぐうたらで居られれば、これもまた贅沢、と言うべきでしょうか。

歳を重ねてからの詩集づくりは、思いのほかの難業でした。そのため、助っ人の力を借りざるを得ませんでした。

山本桂さんには、先の『石川忠久講話集　埋もれた詩傑　河野鉄兜――その洒落た風趣』

（著者編）に続いて、乱雑な愚作の整理などをお願いしました。漢詩の電子データ化は岩野愛さんの手を煩わせました。惜しまぬ助力に深く感謝しております。

また、出版に際しては、和賀正樹さんの助言により、新鮮な体験を堪能することが出来ました。多々、懇切なお世話に対し、あらためて心からお礼を申しあげます。

「好時好日」の書名は、見慣れない四字熟語ですが、常々の願望を籠めてつけたものです。南宋・林希逸の「好時好日随縁住　非月非風得趣深」（夜坐）などの用例があります。

令和六年（二〇二四）四月

樸菴　前田隆弘

著者略歴

前田隆弘（まえだ　たかひろ）

1940年、東京生まれ。

姫路西高を経て1963年、京都大学法学部を卒業。

日本放送協会で番組制作、報道に従事の後、姫路に帰住。

20年余、湯島聖堂「聖社詩会」などで漢詩を学ぶ。

日本記者クラブ会員。国際文化会館（ＩＨＪ）会員。

編著書に『石川忠久講話集　埋もれた詩傑　河野鉄兜――その洒落た風趣』（神戸新聞総合出版センター、2019年）

好時好日（こうじこうじつ）　樸菴漢詩集（ぼくあんかんししゅう）

二〇二四年四月一八日　初版第一刷発行

著者　前田隆弘（まえだたかひろ）

発行　株式会社文藝春秋企画出版部

発売　株式会社文藝春秋
〒一〇二―八〇〇八
東京都千代田区紀尾井町三―二三
電話〇三―三二八八―六九三五（直通）

デザイン　アルビレオ

ＤＴＰ　落合雅之

印刷・製本　株式会社 フクイン

万一、落丁・乱丁の場合は、お手数ですが文藝春秋企画出版部宛にお送りください。送料当社負担でお取り替えいたします。

定価はカバーに表示してあります。


ISBN978-4-16-009061-3